AF281329

LA CASA DE VIVIAN ETHELAN

ExLibric

SHEILA MARÍA LANZAS ROJAS

LA CASA DE VIVIAN ETHELAN

EXLIBRIC
ANTEQUERA 2025

LA CASA DE VIVIAN ETHELAN
© Sheila María Lanzas Rojas
Diseño de portada: Dpto. de Diseño Gráfico Exlibric

Iª edición

© ExLibric, 2025.

Editado por: ExLibric
c/ Cueva de Viera, 2, Local 3
Centro Negocios CADI
29200 Antequera (Málaga)
Teléfono: 952 70 60 04
Fax: 952 84 55 03
Correo electrónico: exlibric@exlibric.com
Internet: www.exlibric.com

Reservados todos los derechos de publicación en cualquier idioma.

Cualquier forma de reproducción, distribución, comunicación pública o transformación de esta obra solo puede ser realizada con la autorización de sus titulares, salvo excepción prevista por la ley. Diríjase a CEDRO (Centro Español de Derechos Reprográficos) si necesita fotocopiar o escanear algún fragmento de esta obra (www.cedro.org).

Según el Código Penal, el contenido está protegido por la ley vigente que establece penas de prisión y/o multas a quienes intencionadamente reprodujeren o plagiaren, en todo o en parte, una obra literaria, artística o científica.

ISBN: 979-13-87944-65-0
Depósito Legal: MA 1575-2025

Impresión: PODiPrint
Impreso en Andalucía – España

Nota de la editorial: ExLibric pertenece a Innovación y Cualificación S. L.

SHEILA MARÍA LANZAS ROJAS

LA CASA DE VIVIAN ETHELAN

Dedicado a todas aquellas personas
que esperan ser amadas por
alguien como Erik.

Prólogo

Cerrando con un estridente chirrido la puerta de la entrada, hizo aparición Adeline, una joven y feliz muchacha de unos quince años, alocada como nadie en la ciudad.

—Ya llegué a casa —anunció en cuanto puso un pie en el suelo de su domicilio.

Su voz recorrió todas las habitaciones del hogar y los pasillos hasta llegar a oídos de su madre, que se hallaba en la cocina. Preparando la cena con mente experta, cortaba en rodajas los tomates entrecerrando los ojos, que denotaban la experiencia y sabiduría que había ido recopilando con el paso de los años.

—Me alegra verte de regreso ya, querida. La luna llena ya comienza a asomar por los montes. ¿Qué tal lo has pasado hoy con tus amigos?

—Un buen rato de diversión hemos pasado, en verdad.

Adeline dudaba sobre si debía contarle a su madre a dónde habían ido aquel día. Ella quería contárselo todo, pues aún le duraba la emoción de haberlo descubierto, pero bien sabía que a su madre no le gustaban mucho los lugares como aquel.

—¿Hay algo que te gustaría contarme, hija? —preguntó, pues había notado la contradicción del silencio de su hija.

—No, madre —contestó finalmente, fijando la vista en el suelo.

La mujer asintió, pensativa, mientras seguía preparando la comida para las dos.

Adeline y su madre, Charlenne, habían vivido con un hombre, padre y esposo de ellas, respectivamente. Por ese entonces, era una niña pequeña y era la más feliz; la familia estaba formada por ellos tres y pronto serían cuatro, pues la madre estaba embarazada e iba a dar a luz en poco tiempo.

Noches ahogadas en lágrimas pasó Charlenne cuando anunciaron que su hijo, que aún no había sentido la libertad de la vida, había fallecido estando todavía en su vientre. El padre tampoco pudo soportarlo y decidió marcharse, enfadado con el mundo que le rodeaba y disgustado con su propia vida. Años después, Adeline y Charlenne, que aún seguían esperando su regreso a casa con fe y paciencia, fueron advertidas de que aquel varón había encontrado a otra mujer y había formado una nueva familia, pisando y olvidando el pasado que seguía presente en ellas dos. Desde entonces, el dinero escaseaba de vez en cuando, pero se tenían la una a la otra, con plena confianza y amor, y, para ellas, eso era lo más importante.

—Hazme el favor de poner la mesa, pronto la cena estará servida.

Colocando meticulosamente los cubiertos, absorta en sus cavilaciones, Adeline seguía pensando en la anécdota de esa tarde y decidió que se la contaría mientras cenaban, porque pocas habían sido las veces que le había ocultado algo a su madre, por no decir ninguna.

Charlenne se sentó en la mesa frente a su hija y esta comenzó a darle vueltas a la cuchara, pensativa.

—Madre… —comenzó a tantear Adeline.

—¿Sí?

—Hoy he visitado un lugar precioso, pero algo antiguo, pues las paredes estaban un poco destruidas por el tiempo, pero parecían haber tenido un brillo en el pasado que, por desgracia y con pesar, no se ha conservado.

Hablaba rápido, esperando en cualquier momento un severo regaño por parte de Charlenne.

—¿Cómo era ese lugar? —se interesó la adulta.

—Era una casa muy espaciosa y hermosa —explicó ahora más tranquila y animada, pues ya había comprobado que a su madre no le parecía mal que hubiese estado allí—. Estaba cerca del establo de caballos de la señora McFrance. Quizá a un kilómetro o kilómetro y medio, no más.

—¿Era una casa rodeada por un enorme jardín?

—¡Sí, uno lleno de plantas descuidadas, sin duda!

—Lástima, antes era el mejor de toda la ciudad, y la casa, la más popular, si te interesa saberlo.

—¿Conoces el lugar? —preguntó sorprendida; no imaginaba que fuera sabedora de ello.

La madre rio, moviendo la mano de un lado a otro.

—Pues claro que lo conozco, yo misma he pisado ese suelo cuando, más o menos, tenía tu edad. Era también muy curiosa y no pude evitar entrar y olisquear aquellos lares —comentó, recordando momentos pasados—. Tiempo después conocí su historia, pues me la contó mi madre y a ella se la contó mi abuela, y así, de generación en generación, se ha ido conociendo todo lo que pasó entre esas paredes. Es hora de que tú también la conozcas, pero te aviso de que es una historia muy vieja, por allá a mediados del siglo XIX.

—¡Oh, estoy deseosa de oírla, madre, cuéntamela!

—Es algo larga, como todas las buenas historias, pero es que esos muros han oído miles de risas, miles de lloros y miles de gritos. Escucha atentamente, mi preciosa niña, porque jamás lo olvidarás y se lo contarás a tus futuros hijos.

La muchacha se centró en lo que le decía su madre, nerviosa, esperando con atención a que el relato comenzase.

1

Vivian Ethelan era más valiente, brava e independiente de lo que solían serlo las mujeres en aquella época. Con dieciocho años era la viva imagen de la belleza. Sus cabelleras rizadas y rubias caían por sus hombros y su espalda como tirabuzones, por donde ella tenía la costumbre de pasar sus finos dedos, enroscándose los rizos y desenroscándolos una y otra vez.

Solía salir a la calle luciendo un vestido imponente, ceñido a la cintura y al torso, gracias al corsé, y las faldas caían como una cascada por su alrededor. Su favorito era del color del durazno, con varias capas; la falda del vestido tenía detalles blancos y unas mangas estrechas.

Era la envidia de todas las damas de la ciudad y la desesperación de los varones; además, su familia era la más religiosa y adinerada de todo el lugar, y su casa era la más admirada de entre niños y adultos, por ser la más grande y hermosa.

La entrada de la casa consistía en un jardín lleno de tantas flores que era imposible no maravillar el corazón; en el centro había una fuente de un ángel de piedra sosteniendo en las manos un arco y una flecha.

Las paredes eran altas y resistentes, y, tras la puerta de madera, se encontraba el salón: los muebles tenían los filos de oro y la mesa central se hallaba bajo una enorme lámpara de araña hecha de millones de cristales y diamantes, aunque por la noche solían usar velas para ver antes de dormir. Constaba de varios pisos; en el primero se hallaba el salón, la cocina... En el segundo y el tercero estaban las habitaciones, y el cuarto lo formaba el desván. En la casa, habían de cruzar un enorme patio lleno de plantas trepadoras que abrazaban todas las paredes y el suelo con sus grandes hojas verdes, para llegar a una pequeña ermita con una campana en lo alto; «santuario» lo llamaban ellos.

Vivian, pese a todas las comodidades que se presentaban en su vida, pensaba que aquello era toda una nimiedad, tan superficial como fingir que era la dama perfecta, pero jamás se atrevía a confesarlo en voz alta, porque su familia disfrutaba realmente del dinero del que disponían.

Una calurosa tarde de verano, mientras Vivian disfrutaba profundamente la paz y la tranquilidad que le brindaba dibujar en el lienzo un lindo pajarillo que se había posado sobre la repisa de su ventana, fue llamada por una de sus criadas al salón.

La mujer tocó tímidamente a la puerta, vestida de negro y ataviada con un delantal blanco, y no se atrevió a pasar hasta que Vivian se lo indicó.

—Señorita Ethelan, los señores reclaman su presencia en el salón, necesitan hablar con usted un asunto importante.

—Gracias, Rosalind, ahora mismo me dirigiré hacia allá.

Vivian se preguntó qué sería aquello que tuvieran que comentarle.

Secó rápidamente el pincel y quitó de él aquel color grisáceo que estaba usando.

Bajó las escaleras, limpias y brillantes como las perlas, el pasamanos era de color dorado como la miel. Sus pasos resonaron por toda la estancia hasta llegar a donde se encontraban los señores de la casa.

—Se me ha ordenado venir —anunció su presencia.

—En efecto, Vivian. Siéntate —ordenó el señor Ethelan, que estaba acostumbrado a dar órdenes, mas no a recibirlas, pues era el jefe de trabajo, padre de familia, y acostumbraba a tener a todos bajo sus mandatos.

—¿Qué ocurre? —preguntó Vivian con desconfianza.

Fue la madre de la muchacha la que explicó esta vez:

—Hija, tienes bastante edad como para no estar comprometida y no engendrar niños ya. Tu padre y yo hemos estado tratando varias opciones para organizar una boda, es decir, hemos estado hablando con otras familias con... —pareció buscar las palabras adecuadas hasta dar con ellas— abundantes recursos y muchas riquezas, mas ninguna cumple nuestros concretos requisitos. De ese modo, hemos tomado la decisión de hacer una celebración, un baile, aquí en nuestra morada, para que hallemos al fin un buen esposo que te cuide y te dé todo lo que necesites a cambio de que engendres sus hijos y que se conviertan en herederos. La fiesta será el último día del mes.

Aquello a Vivian le heló la sangre. Ella se consideraba una mujer que se valía por sí misma, y el mero hecho de casarse con un hombre desconocido tan solo por sus riquezas le hacía perder la cabeza.

Quizá estuviese bastante adelantada a su época, pero ella no quería ser como todas esas infelices mujeres que criaban hijos a cambio de un hombre que las mantuviera.

—Padre, madre, ¿dónde queda el amor? ¿Cómo halláis el valor en vosotros de casarme con un desconocido al cual no amo?

—El amor está sobrevalorado, hija. Tu madre y yo no nos habíamos visto apenas hasta que nos comprometimos y no empezamos a querernos hasta años después de que tú nacieras. El amor no nace así como así, eso es algo que aparece con el paso del tiempo.

Aquello le asustó y entristeció aún más, pues había nacido de dos personas que no se habían enamorado nunca, además debía casarse con un hombre al que no quería.

El señor Ethelan lo notó:

—Déjate de cuentos de niñas, Vivian, ya estás mayorcita para esas tonterías. Eres adulta ya y debes comprender que no debes obedecer a lo que sientas, sino a lo que necesitas. Madura de una vez.

«Necesito a alguien que me haga sentir querida», pensó la pobre muchacha, cansada de sentir que sus padres no buscaban la felicidad de su hija, sino el dinero y las apariencias frente a los demás.

Vivian volvió a su habitación cuando la conversación hubo culminado, se tumbó en la cama con lágrimas surcando sus mejillas. Ella tenía otra percepción de lo que significaba querer a alguien, de lo que significaba la vida, y nadie parecía comprenderla. Todas las mujeres de su edad se casaban y tenían hijos, pero ¿por qué a ella eso no la llenaba como a las demás o no se resignaba a aceptar que esa fuera su vida tras la fiesta?

Sabía que quejarse no serviría de nada ni cambiaría el futuro, de modo que se levantó, se quitó las arrugas del vestido y siguió pintando como si la conversación con sus padres no le hubiera afectado lo más mínimo.

Al día siguiente salió a la calle rodeada de tres de sus criadas, como de costumbre. Dos de ellas superaban los cincuenta años y la tercera apenas la veintena, y era lo más parecido a una amiga que tenía Vivian.

Pues, pese a la fama por la que era conocida y la fortuna de la que hacía gala, no tenía amistades en las que confiar; todas las jóvenes mujeres de su edad solo se acercaban buscando dinero del que coger o no hallaba en ellas verdadera amistad, sino admiración.

La noticia había llegado a oídos de todo el mundo, todos corrían de aquí para allá intentando obtener bellos atuendos para la gran celebración.

Quizá, el señor Ethelan había mandado a uno de los hombres que trabajaban para él a decir por las ajetreadas calles de la ciudad que se haría un baile en la gran casa.

Tanto barullo y tal trino de pájaros había, que los nervios de Vivian hacían mella a medida que pasaban los segundos.

Sus padres ya habían escogido el vestido, aun quedaran varias puestas de sol para la llegada del día.

—¡Clodette, nervios atizan mi estómago como látigos! Odiado será el día en que tenga que encontrar un hombre al que no quiero ni ver ni conocer —le aseguró Vivian a la más joven de las criadas.

—Le llegará el día, señorita Ethelan. Quizá una buena sorpresa le traiga el destino con ese varón.

—Grata sea, sí... —añadió pensativa—. ¡Mas no quiero arriesgarme a que sea desagradable! No quiero casarme y esa será mi última palabra, si mi padre no quiere entenderlo, se lo tendré que explicar.

—Pocas son las personas que se han atrevido a contrariar las órdenes del señor Ethelan, por no decir ninguna.

Vivian suspiró, pensando en las desastrosas consecuencias y en los severos castigos que le impondría su padre si le desobedeciera o se negara a aceptar el matrimonio con cualquier hombre.

—Señorita Ethelan, ¡bendito sea el baile de celebración! ¿A son de qué se prepara?

—Encontrar un esposo para mí, es la finalidad. —Sonrió con fingida simpatía.

—Que la suerte le acompañe, señorita.

—Gracias, es usted muy amable, ciertamente —le respondió Vivian a una señora que se le había acercado con sus cuatro hijos pequeños.

—Vaya, vaya... Veo que las noticias se extienden como la pólvora aquí —añadió mirando a Clodette.

—Muchos habladores cuentan y cientos de oídos escuchan, en verdad —le respondió esta—. No es una ciudad grande, un secreto bien guardado dura apenas dos días sin saberse.

Vivian asintió y alzó los ojos al cielo, comprendiendo las palabras de su criada.

Así pues, todos estaban ilusionados por el baile, por fin podrían entrar en la bella casa, la cual todos admiraban, y recorrer los largos pasillos con los que soñaban con pisar, todos tan felices, pero sin contar, eso sí, con los sentimientos y deseos de Vivian Ethelan.

Por la noche, el viento entraba por las ventanas de las habitaciones de la mansión Ethelan, Vivian contemplaba embelesada las incontables estrellas que brillaban en la lejanía, deseando ser libre como ellas. Se sentía como si fuera un pajarillo atrapado en una jaula, como si nadie la entendiese o no formara parte de aquel lugar, ella se sentía como si no encajase en aquel mundo de damas perfectas. Estaba cansada de la maraña que formaba la vida superficial que llevaba.

El aire nocturno le acariciaba la tez blanca.

—Siempre mirando afuera, señorita Ethelan, ¿qué le causa tanta intriga? O quizá le fascinan las estrellas —preguntó Clodette entrando a la habitación para darle a Vivian la palmatoria con la vela encendida.

—¿Alguna vez has soñado con sentir la libertad envolviendo tu piel? —suspiró, quitando de su rostro el puño de la mano en la que había estado apoyada.

—Yo ya me siento libre y feliz, si te refieres a eso.

Vivian asintió y dio la conversación por culminada.

«Algún día saldré de esta prisión que tengo por casa, algún día, lo prometo», se juraba a sí misma, como cada vez que la oscuridad ensombrecía el día y ella se asomaba a la ventana.

Solo esperaba el momento en el que pudiese ser libre, tomar sus propias decisiones y que nadie lo hiciese por ella.

2

No muy lejos de la mansión de los Ethelan, un joven de hermosas facciones se encontraba tumbado en el césped, con ojos verdes, profundos y penetrantes, observaba, pensativo, la larga hilera de humo de la pipa, que se desvanecía ante su rostro, conforme iba subiendo hacia arriba. Relajado, vio el humo blanco del tabaco que resaltaba en la noche, con una sonrisa en los labios, como si su vida fuese, acaso, un jardín de rosas perfecto, mas no podía ser más diferente la realidad.

En su mente se sucedían los hechos de aquel día, habían conseguido algo de dinero, lo suficiente para poder comer durante unos días, gracias a las entradas, pero él, sin ser visto, había conseguido más cosas que cualquiera de sus compañeros, o como a él le gustaba llamarlos: «familia».

Todo empezó cuando apenas había nacido, sus padres lo vieron crecer durante sus primeras semanas de vida, incluso su primer mes, pero no mucho después embargaron su casa y cayeron tristemente en la pobreza. La madre se abatió en una gran depresión. Su marido, en vista de esto, buscó cualquier trabajo, lo que fuera, para llevar algo de comida a casa y poder contentar a su mujer y darle una buena vida a su hijo, pero era despedido una vez tras otra en cada puesto que hallaba. Cuando el chico cumplió un año, estaba más delgado y pequeño que los demás niños de su edad, los padres tomaron entonces la decisión más dura de su vida y concordaron en dejar a su pequeño hijo en la calle y rezar para que alguien mejor y con mayor comodidad lo cuidara al menos hasta que tuviese la edad suficiente como para buscarse él solo la vida en la calle, quizá con un poco de suerte, podría darse una mejor vida de la que le podían dar ellos.

Envuelto en un paño blanco como la pureza de su inocente alma, lo dejaron en una puerta al azar y se marcharon, aún más desolados de lo que llegaron.

El llanto del niño traspasó el portal y llegó a oídos del dueño de la casa, cuando abrió y se lo encontró, determinó que lo más apropiado sería adoptar a aquella pobre criatura sin hogar.

Año tras año, el señor Brumptone se fue convirtiendo en una gran referencia, o incluso más, en un padre para el muchacho, al que puso de nombre Erik y le dio su apellido.

A la edad de ocho años, él y su padre fueron encontrando personas que vivían en el frío suelo del pueblecillo donde se criaba, para hacer realidad el sueño del señor Brumptone: formar su propio circo.

Desde entonces, van de pueblo en pueblo, de ciudad en ciudad, actuando para los cientos de personas que iban a verlos. Él era el malabarista, sin duda alguna, todos quedaban asombrados por tal talento que el muchacho había desarrollado tras tanto esfuerzo y por el esmero con el que su padre le ayudaba a practicar, además, era un espectáculo para la vista de las señoritas, pues su belleza era deslumbrante. El circo era la única familia real que tenía, su punto de apoyo y su lugar en el mundo.

Esa vez habían tenido que actuar en una pequeña ciudad, pero habían conseguido, entre todos, una cantidad de dinero aceptable, además, él había obtenido más ganancias que los demás. ¿Pues quién va a dudar de un apuesto malabarista? Lo que tenía de apuesto lo tenía también de ladrón, y quitaba a las jóvenes monedas y joyas mientras las engatusaba con su radiante sonrisa.

Necias por pensar que él se había fijado en ellas, ni siquiera se daban cuenta de lo que hacía, y quién sabe si se darían cuenta algún día.

Antes de entrar en escena, había oído a su público hablar sobre un baile en una gran casa, una celebración que se haría el último día de aquel mes, así que después de que acabasen todos los números, salió a visitar la ciudad para así dar con la casa de la que con tanto ímpetu se rumoreaba.

Finalmente, tras haber caminado por más de dos horas admirando las calles de aquel lugar y observando cada hogar que encontraba, creyó haberla hallado. Era, con diferencia, la mejor casa de toda la ciudad y estaba seguro de que pertenecía a una familia adinerada. Después de echarle un ojo a la fachada, terció que iría a esa fiesta de la que todos hablaban, pues en esa casa podría hallar muchas cosas de valor y hacerse con ellas, con un poco de suerte, hasta conseguiría dinero. ¿A quién le importaría un par de monedas robadas cuando tenían la fortuna de vivir en un lugar de tales dimensiones? Allí podría sacar muy buen provecho de la situación y obtener joyas, plata, oro o incluso diamantes.

Suerte era que fueran a hacer más actuaciones en esa ciudad y no se fueran hasta pasado alrededor de unos meses.

Con todas estas cosas en mente, el sueño le alcanzó y no se resistió más al cansancio, quedando sumido en un profundo sueño.

Al día siguiente, cuando el sol calentaba ya con fuerza los rostros de los que caminaban por la calle, Erik despertó, desperezándose en el suelo donde se había tumbado durante toda la noche. Lo primero que vio al abrir los ojos fue a todos sus compañeros practicar para la siguiente actuación.

—¡Venga, chicos! Así se hace —animaba, dando palmadas el señor Brumptone a los contorsionistas, que se doblaban sin ningún esfuerzo aparente.

Él les aplaudía, emocionado como el que cumple sus más anhelados sueños.

El forzudo levantaba una enorme pesa sobre su cabeza, primero con una mano, luego con la otra. Una de las mujeres daba de comer al león del circo cada vez que este pasaba por el aro, un hombre anciano dominaba con gran perfección el caballo que debía montar, los payasos hacían reír a los más pequeños con sus divertidas bromas y chistes.

—¡Erik! —exclamó preocupado el señor Brumptone, llevándose las manos a la cabeza—. Aún no has empezado a practicar.

—No tengas preocupación alguna por eso, padre. ¡Los trucos son siempre los mismos! Además, hoy tenía pensado caminar por los soleados lares de la ciudad y ver qué se cuece.

Él se encogió de hombros dubitativo por toda respuesta y siguió animando a los demás.

El sol ya brillaba alto en el cielo cuando el joven Erik Brumptone deambulaba por ahí, sin rumbo fijo hasta que, sin darse cuenta, sin apenas quererlo o pensar siquiera en ello, acabó delante de la gran casa en la que se celebraría la fiesta.

Ya que estaba allí, se dispondría a observarla mejor desde fuera y tratar de averiguar qué habitaciones le convendría visitar cuando llegase el momento.

Alzó la vista y comprobó que varias ventanas daban a la calle, todas con las cortinas totalmente echadas, excepto una, en la que había lo que parecía ser una persona, mas no podía asegurarlo por completo, pues entre esa ventana y Erik, había un gran jardín que no podía cruzar.

Sorprendido, forzó aún más la vista, apenas veía de quién se podría tratar, pero sí veía relucir destellos dorados de la luz que colaba por la ventana y que se reflejaba en las joyas que llevaba puestas quien fuese aquella persona.

Cuando dio buena cuenta de esos destellos, notó una mirada clavada en él y se dio cuenta de que había sido descubierto mirando desde abajo. En un intento de disimular, miró a otro lado, como si hubiese sido mera coincidencia que hubiese sido advertido inspeccionando.

Rojo de vergüenza, se dio la vuelta y se fue por el mismo camino por el que había llegado.

El bochorno le duraba cuando aún estaba andando alejado de la mansión, había sido pillado como un curioso sinvergüenza y poco disimulado, mas ya nada podía hacer que no fuese rezar porque no le hubiesen visto la cara o no se acordaran de esta en la celebración.

Llegaba ya a donde estaban sus compañeros cuando reparó en que había algo inusual allí, pues un gran barullo se cocía fuera del circo. Erik, cuya primera impresión fue pensar que ese día actuarían, recordó que no era así, que aún quedaban semanas para ello, de modo que, cauto, se acercó a ver qué estaba ocurriendo.

—¡Vamos, rápido!

—¡Mira eso!

Eran algunas de las voces que logró oír Erik.

Los niños señalaban, los hombres cuchicheaban y las mujeres iban de un lado a otro, inquietas y nerviosas.

—¡Erik Brumptone!, ¿dónde estabas?

—Anuncié que iría a pasear, padre.

—Cómo sea —contestó el señor Brumptone haciendo aspavientos con las manos y recordando vagamente que su hijo le advirtió que no estaría allí.

—¡Está naciendo un elefante! —gritó un infante que saltaba de emoción.

Erik frunció el ceño y miró al hombre, esperando que le proporcionara alguna información, por mínima que fuese.

Su padre le empujó de forma suave por la espalda hasta llegar a donde sucedía el parto del animal.

La elefanta se agitaba sin parar, dolorida, pues ya asomaba bastante el cuerpo de su cría, que era ayudada por el domador que había estado subido a un caballo minutos antes de que el joven muchacho se despidiese.

El animal, que seguía de pie, movía su trompa cada vez más fuerte y barritaba sin cesar hasta que finalmente dio a luz a la cría.

Todos a su alrededor estallaron en aplausos cuando el pequeño elefante se hallaba ya en el suelo y su madre había terminado de alumbrar.

El animal recién nacido era muchísimo más pequeño; aun así, mostraba también resistencia y fortaleza y era ayudado por la adulta a mantenerse en pie.

—¡Hoy es un gran día, queridos! Ha nacido un nuevo miembro del circo, nuestra única elefanta ha dado al fin a luz, trayendo a este mundo una maravilla a la vista, se llamará Savana —anunció el señor Brumptone con voz solemne, haciendo que todos apartaran la vista del animalillo y la centraran en él.

Todos los allí presentes estaban emocionados, aplaudiendo y gritando de felicidad por la nueva incorporación, no solo al circo, sino al mundo.

Otro miembro de la familia había nacido ante todos.

—¡Es precioso! —exclamaban los adultos, ilusionados.

Los niños se acercaban, con cuidado para que la madre de la criatura no se sintiera amenazada, y hacían amagos de acariciar a Savana.

—¡Bendita sea esta hermosa criatura!

Por pequeño que fuese, era más alto que los más pequeños infantes que convivían en el circo.

La adulta dejaba, recelosa, que su cría fuese acariciada suavemente, temiendo que alguien dañase al elefante.

3

Un rayo de luz colaba por la ventana de la habitación de Vivian, que le concedía un hermoso despertar reflejándose directamente en sus ojos.

Cuando terminó de desayunar y ataviarse con el vestido que sus padres le habían regalado no hacía mucho, se percató de que no había terminado el dibujo con pinturas del pajarillo y se dispuso a ello de nuevo, cuidando su imagen y tratando de no mancharse.

Estaba sentada en la mesa de su habitación, aprovechando los rayos solares que penetraban a través del cristal y dándole sombras al cuadro para hacerlo más realista.

Si sus padres la vieran así, sentada donde no debía, descalza y algo sudada por el calor, sin duda alguna le reprenderían, pensó Vivian.

Le reprocharían por su actitud con palabras tales como «¿Crees que ese es lugar para que una señorita se siente?» o «Vivian Ethelan, ¡tus pies no deberían tocar el suelo sin un calzado que los proteja!».

Sin embargo, a ella ya le eran insignificantes las reglas que imponían sus padres para que se comportase como una verdadera y delicada dama, pues más bien poco le importaba serlo.

Como siempre, pensó que sus vidas eran demasiado superficiales, siempre intentando hacer de su hija la mujer perfecta y de sus vidas las más envidiadas y deseadas de la ciudad.

Estaba ya dando los últimos retoques, cuando dio la casualidad de que miró a la ventana y divisó a un muchacho parado en frente del jardín mirando hacia arriba. Apenas pudo avistar los rasgos del chico, su cara siquiera, mientras él seguía observando la mansión hasta fijarse en ella. Sabía que él tampoco podía verla bien a esa distancia, pero se preguntaba quién sería aquella persona que se mostraba tan interesada por la casa. No pensaba mal de él, pues no sería la primera ni la última persona, ni siquiera el único muchacho que soñaba con vivir allí, pero le despertaba interés saber de quién se trataba, porque nunca lo había visto en la ciudad.

Antes de que él se diera la vuelta, había podido observar que tenía la camisa blanca bastante sucia, muy mal entremetida por los pantalones marrones, encima de esta, llevaba puesta una chaqueta a cuadros un poco rota y una gorra del mismo color.

No se asemejaba a nadie que hubiese en alta clase, más bien evocaba todo lo contrario.

Cada vez se iba haciendo más pequeño a medida que se iba alejando, cuando al fin lo perdió de vista, terminó el cuadro.

Clodette entró al cuarto de Vivian tras pedir permiso.

—Señorita Ethelan, los señores de la casa requieren su presencia cuanto antes.

La última vez que habían ordenado a una criada llamarla, no había terminado muy bien para ella, así que esta vez desconfiaba aún más acerca de lo que querrían conversar aquella vez.

—¿Sobre qué se trata nuevamente, Clodette?

—Me ha parecido oír que conversaban animadamente de la celebración; probablemente, será eso lo que te quieren comunicar, yo de ti no esperaría nada bueno, querida —advirtió la sirvienta.

—No son palabras muy alentadoras —suspiró Vivian.

—Quizá no sean satisfactorias, mas seguro son reales.

Por mucho que la joven lo detestase, pensaba lo mismo que su criada. Mejor era no esperar nada que le alegrase, porque la decepción sería aún mayor si descubría que se equivocaba.

Cuando bajó al primer piso, descubrió a sus padres sentados en la misma posición que la vez anterior y un escalofrío recorrió su cuerpo, erizando su piel, pues los recuerdos pasados no eran muy amenos y no quería más sorpresas desagradables para añadir a la lista. Suspiró, dispuesta a oír lo que tuviesen que decirle.

No estaba preparada ni mentalizada para soportar más malas noticias que tuviesen que ver con la fiesta de la que iba a ser protagonista.

—¡Tenemos buenas nuevas, Vivian! —Sonrió su madre, en cuanto se sentó.

Su padre siguió hablando:

—La noticia de lo que se organizará aquí ha llegado hasta los pueblos y las ciudades vecinas, de ese modo, vendrá más gente de la prevista. ¡Tendrás más posibilidades de encontrar un buen hombre! Además, ha contactado con nosotros un varón de clase alta que nos ha anunciado que acudirá, es del pueblo de al lado y lo mejor de todo es lo siguiente: él nos ha advertido que está deseoso de conocerte personalmente. Nos ha dicho que han llegado a sus oídos la búsqueda de un esposo para ti y que él está más que dispuesto a serlo, que a su lado jamás te faltará de nada y que serás muy feliz entre riquezas y joyas.

—Tiene cantidades ingentes de dinero, hija —susurró la señora Ethelan.

A Vivian le pareció que en sus ojos solo se reflejaba el deseo y la codicia de su interior.

La mujer siguió hablando:

—Tan solo hay un único aspecto que, con el pleno conocimiento que tengo de ti, quizá te suponga un problema, y es que no sois de igual edad. ¿Cuántos años de diferencia había, Thomas?

Vivian contuvo la respiración, temiendo lo peor.

—Unos treinta y cinco años, más o menos, querida —respondió su marido.

—¡¿Pretendéis que me case con un señor?! —gritó la muchacha, alterada.

—No alces la voz, Vivian, las señoritas jamás deben chillar, deben hablar en voz baja, y sin interrumpir a los hombres.

Vivian se comenzaba a exasperar.

—No te preocupes, hija —puso paz la madre—. La verdad es que pinta ser un buen hombre, quizá un buen padre para tus futuros hijos y dejará muchísima herencia. ¿Qué más se puede pedir?

Los señores Ethelan se miraron entre sí y estallaron a reír, pero no una risa dulce, le pareció a Vivian, sino cargada de malicia y poder.

Su matrimonio sería con un hombre de cincuenta y tres años, se dijo, porque no tenía otra elección, porque así lo querían sus padres y ella jamás podría llevarles la contraria, porque eso no es lo que hacía la distinguida dama en la que la querían convertir y porque, con total probabilidad, en la fiesta comenzasen a concertar el matrimonio.

No había nada más que hacer, que empezar a asimilar el futuro que le esperaba y del que ya sería imposible escapar, un futuro que pronto sería su presente.

Vivian llamó a Clodette, que enseguida hizo acto de presencia en la sala, y le pidió que oyese las nuevas que sus padres le habían revelado.

—¿Y por qué ella debería saberlo acaso? —preguntó cortante la madre, desconfiando.

—Pues es nuestra criada, madre, creo que debería conocer todo lo que ocurre en esta casa. ¿Dudáis de su lealtad?

—¡Oh, no, claro que no!

Thomas Ethelan enrojeció por la vergüenza ante la pregunta de su hija, hablar mal de Clodette estando ella presente no daría una buena impresión a la propia criada.

—Siéntate, mujer —invitó, o más bien, le ordenó el señor de la casa y comenzaron a relatarle lo mismo que le habían contado a Vivian.

Esta la había llamado con la idea de que, al no solo ser sirvienta, sino que compartía con ella una sincera amistad, estaría de su parte y le ayudaría a hacer ver a sus padres que era una idea absurda casarla con alguien que no rondase su edad.

Ilusa de ella cuando Clodette aplaudió emocionada por su pronto casamiento.

—¡Oh, señorita Ethelan, estoy tan feliz por usted!

—¿Cómo osas alegrar tu corazón con esas palabras, Clodette? ¿Acaso no oíste lo que dijeron?

—Sí, mi señorita, usted tendrá su boda al fin —contestó soñadora.

Clodette intentó hacer ver a Vivian que no podía ser tan malo que alguien se fijase en ella y que, además, sería la boda más hablada y conocida de toda la comarca.

Vivian, sintiéndose traicionada, no dirigió ni una mísera mirada de desprecio a Clodette cuando se levantó del sofá y salió por la puerta enfadada.

Poco después oyó los pasos de la criada y corrió hacia donde estaba Vivian, que apenas había dado un par de zancadas fuera del jardín, en dirección a las calles.

—¡Señorita Ethelan!

Clodette la llamó, pero la muchacha ni siquiera se dignó a volverse y mirarle a la cara. Le agarró del brazo y la giró para que la mirase a los ojos.

—¡Eres una traidora mentirosa! —Vivian se zafó del agarre.

Ella siguió caminando, y a su lado la seguía la otra mujer.

—Claro que no, bien sabes que soy leal a usted y que no le haría pasar una mala jugada.

—Lo contrario me has demostrado.

Vivian seguía mirando al frente con el ceño fruncido y la cabeza bien alta, pero realmente sentía una pena dentro de su alma que la aquejaba por la traición de su única amiga, que no fue capaz de salir en su defensa cuando más la necesitaba.

—Escúcheme, por favor —pidió Clodette.

—Adelante, habla —le dijo en el tono más seco posible.

—No podía llevarles la contraria a los señores de la casa, ¿quiere usted que me echen de allí? ¡No, eso sería nefasto! Mas la inteligencia y la capacidad de fingir siempre fueron mis fuertes, y como ejemplo de la primera cualidad, sabía que si los contrariaba y decía lo que opinaba, me despedirían y me sustituirían por otra sin más miramientos. Usted necesita mi ayuda, y lo sabe, pero poco podría hacer yo si no estuviese en su casa.

Vivian necesitó unos segundos para asimilar y reflexionar acerca de lo que su amiga le había explicado; finalmente asintió.

—Está bien, siento haberte hablado de esa manera.

Vivian tomó el brazo de Clodette como disculpa y siguieron caminando.

—El asunto de la boda me pone muy nerviosa y creo que no he actuado bien en consecuencia.

—No se preocupe usted, que yo la entiendo muy bien. Yo he pasado un susto cuando me han dicho la diferencia de edad, ¡no me imagino cómo se habrá sentido usted! —exclamó, echándose las manos a la frente.

—¿Hay alguna manera de evitar conocer a ese hombre?

—Lo dudo, la fecha de la celebración se aproxima y por lo que me han contado, parece muy seguro ese hombre acerca de presentarse en el hogar.

Vivian resopló, desesperada por no hallar ninguna solución frente al problema que se le presentaba.

—¿Cuántos días quedan para la celebración?

—No los tengo contados, quizá dos, tres, puede que cuatro o cinco, o incluso más.

Clodette se encogió de hombros.

Vivian sentía cómo el tiempo se le escurría entre los dedos como si de granos de arena de un reloj imparable se tratase, deseó tener la capacidad de poder parar el tiempo a su antojo, además la fecha menos esperada para ella se acercaba a pasos agigantados y esa sensación de pérdida de tiempo le ahogaba y le ensombrecía el alma.

—No me casaré con él —terció, testaruda como ella sola.

—Cuanto antes acepte su destino mejor, en mi opinión. No lo haga usted más difícil de lo que ya es.

—Solo para mí es difícil, para los demás es un pacto al que yo debo ser fiel y jamás romper. Es quitarme la escasa libertad que poseo y mi felicidad propia.

Clodette se encogió de hombros, tranquila, pues demasiado bien sabía ella que no había otra manera de hacer las cosas en aquella sociedad, aquello le hacía hervir la sangre a Vivian, que se sentía incomprendida y desgraciada.

—Hay una manera de que no tenga que seguir las dichosas normas que se me han impuesto. —De pronto, la joven sonrió.

Se le iluminó la cara y en sus ojos había un brillo de ilusión y algo de rebeldía.

—No estará pensando en escaparse, ¿cierto, señorita Ethelan? —preguntó, recelando de las ideas de Vivian.

Miró a su amiga sospechando, fuese lo que fuese lo que se estuviese maquinando en su cabeza, sabía que no le iba a agradar.

—¡Dios guarde esa mente tuya, Clodette! Mi idea había surgido como un plan para librarme de ese hombre, mostrándole que no soy la mujer que busca y necesita, sino una muchacha zafia, vulgar y descortés sin modales algunos, haciéndole ver que no quiere contraer matrimonio conmigo. Pero tu idea me gusta más, si paro a reflexionar es incluso mejor, pues de esa manera no sabrán qué me ha pasado ni por qué he desaparecido.

—¡Oh, no, es una idea terrible! Yo la había comentado para que se diera cuenta usted de lo disparatada que es. Jamás vaya a hacer eso. ¡Los señores me matarían si se enterasen de que yo dije eso! —rogó con arrepentimiento en los ojos que borrase ese plan de su vida.

—Ellos no tienen que enterarse de que tú y yo estamos teniendo esta conversación, querida.

—No lo haga, por favor. Se lo ruego, señorita. Además, no sus padres son necios y de dinero no carecen, ¡moverán tierra y mar para hallarle si les falta usted! Es muy arriesgado y saldrá mal, no haga nada de lo que se arrepienta después. La impulsividad es algo de lo que muchos se lamentan.

Pero Vivian ya no le escuchaba, estaba con la mirada perdida y elaborando un plan que pudiera salir a la perfección, mas sabía ella que no sería capaz de escapar sola y sin la ayuda de nadie, quizá solo tenía que esperar el momento adecuado, cuando menos se lo esperasen. Y eso no sería hasta que llegaran los días después de la celebración.

Había sopesado la posibilidad de fugarse en la fiesta, pero había llegado a la conclusión de que iba a ser muy arriesgado exponerse de tal manera a la vista de todos, cuando claramente la descubrirían y daría un mal ejemplo de la familia, aunque no era eso lo que le preocupaba, poco le importaba a ella lo que los demás pensaran, pero sabía que a sus padres les encantaba causar buena impresión y dar la imagen de llevar unas vidas ideales y perfectas.

Aguardaría pacientemente la llegada de la fiesta, con comodidad y felicidad fingida, haciendo creer a todos que finalmente había aceptado el destino que su familia le había impuesto, quizá no de buena gana, pero que, al menos, ya se había mentalizado.

Nada más lejos de la realidad, esperaría nerviosa el momento oportuno para perderlos de vista a todos y escapar hacia su ansiada libertad.

Observó a Clodette, que se había quedado mirándola a la espera de una respuesta o una clara explicación de lo que Vivian se traía entre manos.

—No dirás nada.

No era un ruego ni un favor, sino una orden. De todas formas, sabía que su criada era una persona leal y una buena amistad en la que confiar. Además, era muy lista y Clodette sabía que hablarles a los señores sobre los planes de su hija tan solo desencadenaría una tempestad en la casa que acabaría con Vivian firmemente castigada, de la mano de un hombre al que no quería y a sus padres enormemente furiosos y quién sabe si ella en la calle y sin trabajo.

—No lo haré, puedes depositar tranquilamente tu confianza en mis manos. Pero insisto: esto no es una buena idea.

—Dicen que solo se vive una vez, querida, pero no es así, es la muerte la que ocurre tan solo una vez. Vivir, vivir se vive todos los días, cada día es una nueva oportunidad, y no pasaré el resto de mis días y de mi vida al lado de alguien que no estoy dispuesta a tolerar ni haciendo cosas que no me gustan. ¿Me apoyas o me abandonas?

La reflexión de Vivian no terminó de acabar con las dudas de su criada, pero sabía en el fondo que tenía razón y que, si hacía falta, le ayudaría a escapar del destino al que la habían atado, quizá tenía miedos e inseguridades aún, pero más fuerte era el sentimiento que abarcaba la posibilidad de darle a su amiga un futuro mejor del que le esperaba.

—Cuente conmigo. Bien sabe usted que ni por todo el dinero del mundo le dejaría ser una mujer infeliz para el resto de sus días y que mi amistad no le faltará jamás —terció, seria y con resolución en sus ojos.

—Sabía que podía confiar en ti. Te estaré eternamente agradecida.

Clodette asintió con una leve y corta sonrisa tirándole de los labios, en su mente no cabía aún el entendimiento del plan que se podría estar creando en esos momentos en la cabeza de su amiga, pero tenía claro que no iba a dejarla sola en aquello.

—En primer lugar, lo esencial es averiguar cuántos días quedan para la llegada de la celebración, pero no será ese día el que lleves a cabo esas ideas tuyas.

Con cálculos rápidos, Clodette contó con sus largos y finos dedos el número de noches que faltaban para el tan poco esperado momento.

—Faltan tres días.

Vivian notó en su estómago un fuerte tirón por los nervios, en el de Clodette; sin embargo, lo que bullía eran mariposas por hacer algo que sabía que estaba prohibido, algo que nunca se habría atrevido a hacer si no fuera por salvar a su amiga: desafiar plenamente a los señores de la casa, más aún, sabiendo que debía tener cuidado de que no supieran que ella estaba metida en los planes desde el principio.

Así pues, pasaban los días, entre paseos, risas y miradas furtivas de vez en cuando en la mansión, además, cada vez que la luna se alzaba en el cielo oscuro y estrellado de la noche y se escondía en el amanecer, en la casa había más movimiento: las criadas iban de un lugar a otro, colocando sillas, mesas, sacando la mejor vajilla y los vasos más costosos, iban barriendo, fregando y haciendo relucir cada centímetro del hogar, de tal manera que en el suelo te podías reflejar si te acercabas mucho, Clodette entraba menos en la habitación de Vivian para no levantar sospechas. Los señores de la mansión también se mostraban más inquietos, iban todo el día de un lado a otro, corriendo, gritando, dando órdenes, riendo histéricamente, como si les fuera la vida en arreglar los mínimos desperfectos que encontrasen en la casa, probablemente por lo que la gente podría decir o pensar, creía Vivian, mas ella estaba totalmente segura de que todos se quedarían estupefactos nada más cruzar el jardín y que no hacía falta optimizar más la estancia ni pulir cada azulejo del salón.

Finalmente llegó esa fecha tan especial; aún por la mañana seguían ultimando los detalles finales. Por la tarde, cuando todavía quedaban horas para que los invitados llegaran, Vivian se encontraba en su cuarto, rodeada de criadas dispuestas a hacerle lucir el mejor vestido que habían elegido sus padres, peinarla para que su cabello rubio destacara aún más que de costumbre y ponerle cada joya en el lugar que le correspondía.

Su cara, maquillada por la pintura, parecía esculpida por la misma divinidad, como si un ángel hubiese bajado y la hubiese coronado con la máxima expresión de la belleza, su rostro era un lienzo el cual ni el mejor pintor del mundo se hubiese atrevido a rozar con cualquier pincel, estaba tan delicadamente maquillada que realzaba cada matiz con impecable armonía.

El vestido en el que la habían enfundado era, sin duda alguna, el más hermoso de toda la ciudad, era totalmente rojo, pero cada capa de tela era de diferente tono a la anterior, dejaba sus hombros al descubiertos y la parte superior de sus brazos eran tapadas por dos finas y delgadas líneas, el vestido tenía forma de corazón sobre los pechos y consistía en un corsé en la parte de la cintura, las faldas eran elegantes y vaporosas, además de voluminosas, sobre su cuello pendía un colgante que terminaba en una brillante gema roja.

Vivian se miró al espejo y quedó maravillada, quedó totalmente embelesada y prendada de la imagen que le devolvía el reflejo.

El vestido se ajustaba a su figura como una segunda piel y le ensalzaba la curvada cintura.

—Está usted enormemente embellecida, señorita Ethelan —apremió una de las criadas.

—Concuerdo, ¡será la más linda del lugar!

Después de agradecer todos los halagos de sus sirvientas, salieron de la habitación, excepto Clodette, que se había quedado por una disimulada petición de Vivian sin que las demás se percatasen de ello.

—Todo va a salir bien —le aseguró, ya que había notado que Vivian no dejaba las manos y las piernas quietas y se movía de un lado a otro con inquietud.

—Hoy hablarán con mi posible prometido... —murmuró, con la vista fija en el suelo.

—En efecto, ¿pero qué importancia le da a ello si planea escapar de aquí en poco tiempo? —preguntó Clodette con tono sarcástico.

—Me aterra la idea de conocerlo, de verlo. ¡De respirar su mismo aire incluso! No me apetece hablar con él, no estoy preparada en verdad. Quizá nunca llegue a estarlo.

Y así era, durante los días anteriores, apenas había podido pegar ojo debido al sentimiento de inseguridad e intranquilidad que le producía la llegada de esa noche.

Clodette se había ataviado con un precioso vestido azul, su pelo negro y rizado estaba adornado con un lazo del mismo color.

Ella había pedido permiso a los señores para disfrutar la celebración como una invitada más, como la amiga de su hija, no como una sirvienta, todo eso fue conseguido a raíz de los ruegos y súplicas de Vivian a sus padres para que dieran a Clodette un día de total libertad, ellos, a regañadientes, cedieron, diciendo que no les hacía ninguna gracia porque necesitaban personal para servir en la fiesta, pero ya estaban cansados de tener la misma conversación con su hija una y otra vez, además del cansancio acumulado debido al arreglo de todos los preparativos.

Pasaban las horas en su habitación, Clodette y Vivian hablaban de trivialidades, cosas sin importancia que les hacían reír y hacer las inaguantables e insufribles horas de espera más amenas, incluso llegaron a pasarlo bien.

Cuando los colores cálidos del atardecer coloreaban el cielo y teñían la ciudad de hermosos y alegres tonos naranjas, amarillos y rosas, unos golpes en la puerta de entrada resonaron por toda la mansión.

Clodette, alarmada, se sobresaltó en la cama en donde se hallaban sentadas.

—¡Señorita Ethelan, ya están aquí!

En su tono de voz había un deje de temblor, del que Vivian se percató a pesar de sus intentos de esconderlo, y en sus ojos había miedo, nervios y expectación; su amiga sabía que eran un reflejo de los suyos.

Tan solo con una mirada entendieron que pronto llegaría la hora en la que conocerían al varón que tanto pavor le provocaba.

Clodette fue la primera en bajar. La habitación parecía mucho más vacía en cuanto ella cerró la puerta tras de sí, dejando a Vivian en una silenciosa y densa soledad, sin más compañía que ella misma sentada en la cama. No se sentía preparada para ir al primer piso aún, así que decidió esperar a que estuviesen todos los invitados allí para hacer acto de presencia, aunque cada vez se oían más voces y risas abajo.

4

Erik fue una de las últimas personas en llegar a la mansión o, al menos, así lo creyó, porque cuando entró había una gran cantidad de gente.

Haber salido del circo le había costado una buena regañina por parte de su padre, pues en cuanto le avisó de que saldría y no llegaría hasta tarde, el señor Brumptone le contestó que últimamente había ensayado muy poco y que si su próximo número salía mal, no volvería a actuar más ni en esta ciudad ni en la siguiente. Erik le prometió que le saldría a la perfección y se fue corriendo para no llegar tarde a la celebración.

Cuando se encontró frente a esa gran masa de gente se sintió algo fuera de lugar, pues todos lucían vestidos y trajes hermosos; él ni siquiera se había cambiado y había ido con su indumentaria maltrecha: su gorra, sus pantalones marrones y su camisa manchada.

Enseguida se arrepintió de no haber comprado nada con las propinas que le dejaban las coquetas damas.

Por todas partes había mujeres con niños, hombres bebiendo y jóvenes riendo.

Sin duda alguna, había sabido diferenciar a los dueños de la mansión en cuanto los vio, pues no desentonaban con el lugar, sus vestimentas eran las mejores, es más, resaltaban, y ahora los ropajes de los demás no parecían nada y dejaban mucho que desear en comparación con los de ellos. Sus sonrisas y sus ojos relucían con un brillo de inconfundible orgullo y, según le pareció a Erik, egocentrismo.

Saludaban a todo el mundo, y todos parecían encantados con ello; además, pudo notar que eran personas muy respetadas y admiradas.

A cada paso que daban y a cada persona a la que agradecían por haber llegado, iban dejando un reguero de suspiros de embelesamiento, como si estuviesen regando una planta que florecía en el interior de los demás como anhelo por tener todo lo que ellos tenían.

En cuanto pasó por su lado, Erik comprobó que solo le dirigieron una mirada de indiferencia de arriba abajo, una mirada que le había hecho sentir desnudo, avergonzado por haber tenido el atrevimiento de haber ido así, y siguieron caminando entre sus invitados sin dedicarle palabra alguna.

No le había pasado desapercibido que no había recibido ni un educado saludo por mera cortesía, pero supuso que la pareja pensaba que un pobre joven no merecía más de una mísera mirada de reojo; mas así lo prefería él, cuanto menos llamara la atención allí, mejor, pues solo había ido a obtener algunas cosas de valor e irse.

Comenzó a caminar por la sala, con cuidado de no tropezar con nadie, iba fijándose en los bolsos de las mujeres para ver si podía hallar algo que costara la suficiente cantidad de dinero para venderlo o para quedárselo él mismo, pero todos estaban cerrados o vigilados y con una mano encima, eso sí, de manera despreocupada, para que nadie tuviera oportunidad de afanar.

Siguió caminando sigilosamente y con cuidado hasta llegar al otro extremo de la gran sala; allí había una mujer con un brazalete hecho de oro, Erik adivinó que no sobrepasaría los cuarenta años, estaba sola y sería una fácil y buena recompensa. Se aproximó a ella con disimulo, cuando estuvo lo suficientemente cerca, dio un traspié fingiendo que había sido empujado por la persona que tenía detrás, un niño que no dejaba de saltar y jugar junto a otros. En su intento de patraña, cogió de la muñeca a la señora para evitar caer al suelo.

—Le suplico que me disculpe por mi torpeza y desliz, señorita.

Le dedicó a la mujer una sonrisa ladeada y una mirada inocente. Se le daba muy bien mentir y ya tenía práctica, sin duda alguna.

Con disimulo, se metió la mano en el bolsillo; la señora le disculpó, sin siquiera imaginar que había sido birlada.

Cuando se alejó de allí, Erik acarició suavemente con la llama de los dedos el oro puro del brazalete que había robado. Supuso que tendría mucho valor sentimental, pero como también lo tenía monetario, no sintió muchos remordimientos cuando lo guardó de nuevo.

Decidió que se apropiaría de él, tomando posesión del brazalete para sí mismo.

Esquivó a las personas que había en la escalera de caracol, una espiral que subía y subía. Parecía infinita, quizá podía llegar hasta alguna estrella si seguía subiendo, la escalera culminó cuando alcanzó el cuarto piso, pero él se quedó en el segundo, que era igual de enmudecedor que el primero, más bien sabía que no debería estar allí.

Había siete u ocho habitaciones, los baños y otras salas, casi todas tenían la puerta cerrada, así que decidió que lo mejor sería no entrar en esas, así pues, eligió la que tenía en frente y cerró la puerta a su espalda cuando se adentró.

La habitación consistía en un ancho espejo, una cama adosada a la pared, dos muebles llenos de cajones y una enorme lámpara colgada del techo. Las paredes estaban llenas de dibujos trazados con líneas finas con el pincel, en la pared de enfrente había una ventana con las cortinas echadas.

Le dirigió un vistazo rápido a la habitación y pensó que probablemente sería de los dueños de la mansión.

Averiguó que lo más inteligente y efectivo sería comenzar a registrar los cajones. Se desengañó cuando al abrir el cajón encontró que no había nada más que el marrón de la madera del mueble, pero sabía que no podía desilusionarse aún, pues quedaban dos cajones más y el otro mueble entero.

Mas en los siguientes cajones corrió la misma suerte, quedando francamente decepcionado.

Rezó mentalmente para no obtener los mismos resultados en el segundo mueble.

Antes de que sus dedos agarraran siquiera el tirador, escuchó un ruido a través de la pared, quizá la voz de alguien, una voz dulce y femenina, una voz de una chica joven.

Se acercó cautelosamente a la pared y apoyó la oreja y los dedos en ella.

Podía oír con mejor claridad las palabras de la desconocida.

«Soy una mujer decidida y tengo la determinación suficiente para bajar y afrontar mi situación», se repetía una y otra vez.

Erik razonó que se lo estaba diciendo a ella misma, que se estaba tratando de convencer. La curiosidad le llevó a imaginar quién podría encontrarse al otro lado de la pared, pero sus pensamientos tuvieron que ser interrumpidos por el sonido de unos pasos que se acercaban por las escaleras.

Preso de los nervios, Erik buscó con la mirada un lugar para esconderse y no ser visto. Se colocó detrás de las cortinas, pero al mirar hacia abajo, comprendió que era un lugar erróneo, pues bien había comprobado que se le veían los pies porque las cortinas no eran lo suficientemente largas para cubrir su cuerpo al completo.

Finalmente, terminó por tumbarse entre el suelo y el colchón de la cama, exhaló un suspiro al mismo tiempo que la puerta se abría y aparecía una mujer, o eso supuso al ver los zapatos que llevaba, era lo único que lograba llegar a ver, pues estaba a ras del suelo y la cama tapaba todo su campo de visión.

—¡Qué extraño es esto! Juraría que había dejado cerrados todos y cada uno de los cajones en todas las habitaciones.

La mujer se dirigió al mueble y los cerró. Hecho esto, paró frente a la cama.

Erik aguantó durante unos segundos la respiración, rezando para no ser descubierto.

Aún con miedo haciendo mella en la boca de su estómago, Erik vio, segundos después, los pies de la señora alejándose por donde había venido.

Salió tras varios minutos de silencio para comprobar si volvía a estar solo.

Cuando estaba de nuevo de pie, comprobó que tampoco había joyas, o al menos algún objeto en los cajones del otro mueble.

No se llevó ninguna decepción cuando no halló absolutamente nada, pues ya se lo esperaba y lo único que deseaba desde que había entrado aquella otra persona era salir de allí sin ser visto.

Andando casi de puntillas, salió al pasillo y no hizo ruido al encaminarse de nuevo hacia el piso de abajo; además, nadie de allí se daba cuenta de su presencia y no le daban importancia ni le miraban siquiera cuando estaba bajando, cuando puso los pies en el suelo de la gran sala respiró ya con tranquilidad, no había conseguido nada más aparte del brazalete, pero no lo habían encontrado hurgando en una habitación ajena y aquello era un gran logro teniendo en cuenta la cantidad de personas que había allí.

Decidió que el resto de la noche intentaría disfrutarla, sin birlar nada, sino pasándolo tan bien como se lo pasaba el resto.

Se dirigió a la larguísima mesa central que había en medio de la sala y reunió algo de comida que habían depositado en dorados platos, además se sirvió agua en un vaso que había cogido.

Allí, lamentablemente, no conocía a nadie, de modo que no podía establecer ningún tipo de conversación, pues no había pensado en quedarse, sino en marcharse en cuanto obtuviese lo que buscaba. No había contado con que tal vez no lo hallara, y ahora estaba solo en una fiesta, con la ropa totalmente sucia y con algún que otro roto, rodeado de personas desconocidas que reían mientras él comía algo para picar.

Dirigió su mirada al grupo de violinistas y al pianista que había en una esquina del salón y tocaban música clásica. Estaban vestidos todos iguales: con una chaqueta negra y una pajarita justo bajo la garganta y una camisa blanca pegada a la piel.

Llevaba ya un rato absorto en sus cavilaciones cuando se sorprendió de que todo el mundo se hubiera sumido en profundo silencio, como si todos hubiesen perdido la voz o se las hubiesen robado, además, tenían la vista fija en un único lugar y Erik volvió la cabeza hacia donde los demás observaban boquiabiertos.

Cuando giró, le costó unos segundos apreciar la hermosura de la que hacía gala la única persona que todos miraban, le pareció que todo se detenía, que su mundo iba ahora en cámara lenta. Se encontró con una bellísima dama enfundada en un precioso vestido que le quedaba como si lo hubiesen tejido los dioses para su único uso, a sus ojos, ella lucía como una divinidad que jamás llegaría a alcanzar ni siquiera con la yema de sus dedos, era la mujer más perfecta que sus ojos lograrían ver jamás, como una de esas princesas de los cuentos que le contaban los adultos a los niños que formaban parte de su peculiar familia.

Era toda una dama, pero algo le decía que debajo de esa fachada de delicada mujer, había una personalidad fuerte y decidida.

Entonces ella encontró su mirada y él lo sintió, como si todos a su alrededor desapareciesen y solo quedaran ellos dos, se sintió flotar en una nube de esponjosa suavidad, sus pies no tocaban el suelo y ascendía hacia la luna para que la acunase en medio de la calidez de la noche y la arropara con su aterciopelada textura.

Así sentía Erik la mirada de aquella joven.

Cuando ella pisó el inmaculado suelo del salón, todas y cada una de las personas allí presentes estallaron en un atronador aplauso, haciendo a Erik volver en sí.

La miraban como habían mirado a los señores de la casa cuando estos habían pasado a saludar a sus invitados, de modo que supuso que sería la hija de los propietarios, que ella debía ser la señorita Ethelan.

Ella se mostraba sonriente y estrechaba la mano del que se la ofrecía, pero en sus ojos, Erik podía adivinar lo cohibida que estaba.

Él avanzó un paso y ella hizo un amago de estrechar su mano, como la de los demás, pero cuando posó su mano sobre la del joven, este se la llevó a los labios y depositó un suave beso en ella.

—Bienaventurada sea la belleza por la que ha sido bendecida, señorita.

Ella, a diferencia de sus padres, sí le había sonreído y agradecido, y su sonrisa le había parecido a Erik la más cálida y real que había visto hasta ese momento.

La joven se percató de que seguía su mano posada sobre la de él y la soltó deprisa, avergonzada, y siguió caminando entre las demás personas que le saludaban con los ojos brillantes de emoción.

Los invitados tardaron en volver a hablar entre ellos y disfrutar la agradable música que inundaba la sala, aun así, se notaba que el ambiente había cambiado desde que la señorita Ethelan había bajado por las escaleras, estaba aún más animado si cabía, y Erik no había podido dejar de cautivarse con el aura de misterio que la envolvía, pues, según le parecía, su mirada hablaba por ella y en sus ojos se permitía leer que le costaba seguir el ritmo de la conversación que estaba manteniendo con los señores de la casa, que querría estar en cualquier otro lado menos en aquel inmenso lugar rodeada de personas a las que no conocía y que, probablemente, no le interesara conocer.

Erik se estremecía de placer al observar la delicadeza que desprendía con cualquiera de sus movimientos, con cualquiera de sus actos.

Pero bien sabía él que una chica de aquella magnánima clase jamás se dignaría a ofrecer más que un par de miradas a alguien tan vulgar perteneciente a un circo cualquiera.

5

A Vivian le suponía un enorme esfuerzo por su parte bajar a la gran sala donde sabía que ya estaban todos, no dejaba de decirse a sí misma frases para infundir valor a su alma mientras observaba la imagen que le ofrecía el espejo de su habitación; hacía ya rato que Clodette había desaparecido de su vista para festejar aquella celebración, más bien sabía que su amiga tenía tan pocas ganas como ella.

Cuando finalmente se sentía decidida a bajar las escaleras, convenciéndose de que no lo pasaría tan mal allí abajo, salió de su cuarto y comenzó a bajar.

A cada escalón pisado se sentía aún más nerviosa.

Lo primero que vio al bajar fue la enorme mesa central que habían adornado exclusivamente para la ocasión y el grupo de músicos que tocaban dando al lugar un ambiente más elegante y animado.

Sintió la mirada de todos clavándose en ella como flechas, todos observaban atentamente cada uno de sus movimientos, solo deseaba que no se percatasen de cómo se sentía ella en realidad.

Rato después, aún seguía sin saber por qué sus ojos se habían ido a parar a los de un joven, quizá porque su atuendo casual y tan depauperado contrastaba con la delicadeza y la clase de la sala o los trajes y vestidos del resto de invitados, que, aunque no eran tan exaltados como el de los señores de la casa, no eran tan devastados como el del chico.

O, quizá, se fijó por la sombra que cubría sus ojos verdes o por lo serio que estaba en comparación con las radiantes sonrisas que lucían los demás.

«Hay algo atractivo en él, sin duda», pensó ella.

Y cuando se acercó a saludarlo, como al resto, notó una sensación de calidez en el pecho, sintió que era atraída por él como si se tratasen de dos imanes de polos opuestos, aunque probablemente eso se asemejase bastante a la realidad.

Pero de lo que estaba completamente segura era de que jamás podría explicar lo que sintió cuando aquellos labios depositaron un beso sobre su mano, o más aún, nunca se atrevería a meditarlo siquiera.

Cuando terminó de agradecer a la gran mayoría de personas que charlaban en su casa, sus padres llamaron su atención.

—La fiesta está teniendo mucho éxito, Vivian —susurraba su madre, felicitándola.

—Me alegra ver que finalmente decidiste aceptar tu matrimonio —dijo el padre.

Cuando escuchó esa última palabra su amago de sonrisa se debilitó y se puso seria de un momento a otro.

—Te lo agradezco, padre —contestó Vivian inclinando la cabeza.

El señor Ethelan apoyó las palmas de sus manos sobre los hombros de su hija.

—Disfruta, querida. Esta celebración se festeja únicamente en tu honor.

Volvió a agradecer y se alejó de ellos, buscando con la mirada a Clodette hasta dar con ella; estaba hablando con un grupo de mujeres que podrían tener fácilmente su edad.

Vivian agarró suavemente el brazo de su amiga para no sobresaltarla, pero con la suficiente fuerza para girar su cuerpo hacia ella.

—¡Señorita Ethelan! —exclamó al verla—. Al fin viene a hablar, pensaba que jamás aparecería.

Vivian la abrazó con fuerza, como si pudiera hacer que todos sus miedos se perdieran o se desvanecieran en ese abrazo.

Cuando la miró a los ojos, Clodette le preguntó en un tono de voz más bajo:

—¿Ha visto ya a ese varón con el que la van a casar?

—Aún no —negó Vivian—, pero sospecho que no tardará mucho en hacer acto de presencia.

—No me separaré en ningún momento de su lado. Estaré ahí para infundirle fuerzas cuando llegue el momento —le aseguró.

Clodette alzó la vista y la mantuvo fija durante unos segundos en alguien, pero cuando Vivian hizo un amago de volverse, Clodette ya volvía a observarla a ella y decidió olvidarlo y no darle más importancia.

No sabía cuánto tiempo había pasado hablando y riendo las bromas de su amiga cuando una mujer del personal que llevaba y traía platos a la cocina para ponerlos en la mesa se le acercó advirtiéndole que sus padres querían hablar con ella.

Vivian sintió que su estómago se cerraba y sabía que su amiga había sentido algo parecido, porque se encogió en cuanto la mujer se fue para seguir con su trabajo.

Ellas se miraron y aunque no hizo falta palabras para adivinar lo que estaban pensando, Vivian exclamó:

—¡Oh, no! Desgracias sucederán a partir de este momento. Siempre que mis padres mandan llamarme, malas noticias me terminan dando, seguro que ese hombre del que tanto han hablado estos días ha llegado ya.

Clodette se había quedado igual de lívida que su amiga, aunque ella no se fuese a comprometer con nadie, sabía el mal rato que pasaría Vivian.

Estaba segura de que conocerlo supondría la escapada en la que tanto habían estado pensando, quizá en unos días, quizá en semanas o en meses, pero ambas sabían que ese día llegaría, pues lo habían estado hablando.

—Clodette, ¿vendrás conmigo?

—Claro, señorita...

—Vivian, llámame Vivian, te lo suplico. Me has demostrado lealtad más de una vez y tú ya no eres considerada criada para mí, sino hermana.

En el pecho de la morena se encendió una llama de calidez.

Clodette agarró la mano de su amiga tras sonreírle y se encaminaron juntas hacia donde estaban los señores de la casa al lado de un hombre que aparentaba la misma edad que ellos, o incluso más.

Vivian apretó aún con más fuerza el agarre de manos para infundirse valor y disimular su temblor.

—¡Alabados sean mis ojos, señorita! Es usted creada por una divinidad, parece —la alabó el varón en cuanto la vio.

El hombre sonrió gentilmente a Vivian, tenía el pelo de color gris, con marcadas entradas sobre su frente, su piel comenzaba ya a estar arrugada, bajo su nariz poseía un prominente bigote, sobre su ojo derecho había un monóculo, llevaba puesto un sombrero de copa y se apoyaba cómodamente en un bastón de madera.

«De modo que este es el hombre que contactó con mis padres avisando su llegada», pensó Vivian.

—Buena noche pase usted —saludó Vivian con cortesía. No quería parecer maleducada, pero tampoco se sentía a gusto con ese señor, y no estaba dispuesta a hablar con él más de lo estrictamente necesario.

—Mi nombre es Arthur Clarke, puede llamarme Arthur, si lo prefiere.

—Tutéame, por favor. Soy Vivian Ethelan.

La joven se mantenía más bien seria, y sinceramente prefería no tutear ni llamar por su nombre al señor Clarke, pero la mirada que le había echado su padre no parecía admitir discusión, sabía cómo debía comportarse, al menos frente a los Ethelan.

Le inspiraba poca confianza a pesar de los inmejorables modales que poseía.

—Vivian, he tenido el placer de venir para hablar sobre el motivo de la boda —afirmó Arthur.

—Pues como bien sabe usted —intervino el señor Ethelan—, mi querida hija necesita un hombre de buena clase y que deje herencia a sus hijos —dijo en tono firme, pero con una sonrisa en los labios.

Arthur rio.

—A mis hijos y a mi mujer jamás les faltará de nada, me preocuparé de que vivan cómodamente y sin molestia alguna —añadió mirando a Vivian y guiñándole un ojo.

A esta se le revolvió el estómago, no quería ser la mujer del señor Clarke y mucho menos llevar sus hijos en su vientre.

Se le hizo un nudo en la garganta y sus lágrimas amenazaron con salir, pero ella se negó a derramarlas y se obligó a sonreír y a mantener la compostura.

—¿Has oído eso, hija? —señaló su madre—. Nosotros aceptaremos, pues, con gusto, el matrimonio si usted acepta a nuestra hija como buena esposa.

Arthur asintió sonriente. El hombre que había estado detrás de él todo el tiempo y del que Vivian no se había percatado hasta ese momento, sacó de un maletín una hoja de papel con algo escrito en ella: era un contrato matrimonial.

El acompañante de Arthur habló:

—Este es el contrato matrimonial; si ustedes dan su aprobación, sellen este acuerdo como paso previo a la boda, estableciendo las condiciones para la ceremonia oficial.

Los padres de Vivian leyeron atentamente los escritos de la hoja y finalmente la sellaron.

La joven sintió que habían dictado su propia sentencia, que no había otro destino para ella que el de contraer matrimonio y criar los hijos de ese señor.

No significaba que estuviese casada ya, ni mucho menos, sino que al firmarlo fuese la afirmación de que probablemente se casasen.

—Estoy deseando llegar a conocerte mejor, Vivian, pero no en esta fiesta. —Le guiñó un ojo.

Vivian se alejó de allí en cuanto Arthur se fue tras charlar un rato más con los señores Ethelan, corrió hacia el otro extremo de la sala buscando el mínimo aire fresco y la extrema lejanía con él, pues notaba que el aire se acababa y le costaba respirar. Como si una cuerda sujetada por el señor Clarke ejerciera presión sobre la garganta de la muchacha, ahogándola hasta caer inconsciente y llenando de desasosiego su corazón intranquilo.

Clodette, que la había guiado hasta que quedaron cerca de la pared, trató de tranquilizar a su amiga. Cogió los lados de su cara y le levantó la barbilla, obligándola a mirarla a los ojos.

—Óyeme bien, Vivian, no te derrumbes ahora. Recuerda que pronto saldrás de aquí, que huirás y serás libre.

Ella asintió, batallando contra sus lágrimas que empujaban para ser derramadas.

—El día que decida irme, no me volverán a ver —susurró.

Había sonado como una pregunta o una duda; más bien sabía Clodette que era un aviso hacia todos aquellos que le estaban haciendo daño.

En ese momento, alguien dio unos golpes con un cubierto en un vaso de cristal y carraspeó.

El señor Ethelan se había subido encima de la mesa en un ágil salto; todos los allí presentes pararon a oír lo que tuviera que decir, incluso los músicos habían dejado de tocar para centrarse en aquel hombre.

Él sonrió al ver que todas las miradas estaban puestas en él, y Vivian volteó los ojos, pensando que a su padre, al igual que le ocurría a su madre, le encantaba ser siempre el centro de atención, el más escuchado; todo lo contrario que a su hija.

Thomas Ethelan volvió a carraspear, por si aún había alguien que no se hubiese percatado de su presencia, aunque sabía que no era así.

—Espero, desde lo más profundo de mi ser, que todos ustedes estén pasando la mejor de las noches. Como bien saben, el motivo por el que estamos esta noche aquí reunidos es mi adorada hija Vivian. Como toda buena joven, existía en su vida la necesidad de hallar un esposo. Bien, pues, como la mejor noticia del día que puedo daros, tengo el placer de anunciar que mi hija se casará en, deseo, no mucho tiempo, con el señor Arthur Clarke. —El padre de Vivian mostró a Arthur y la multitud empezó a aplaudir entusiasmada. Después, volvió a llamar la atención de su público—. Con todo esto, no falta añadir que todas las personas reunidas hoy aquí en mi hogar están invitadas a la boda.

Entre la gente se oyeron murmullos de aprobación. Thomas Ethelan sonrió con suficiencia: sabía que se había ganado la admiración, por segunda vez en aquel día, de cada una de las personas que lo habían oído. El hombre siguió hablando:

—Con tal motivo de felicidad, propongo que hagamos un baile, el cual abrirá Vivian junto a su prometido, y le seguiremos todos.

La sala volvió a estallar en aplausos en cuanto se bajó de la mesa y le comentó a un camarero que sacara de allí la mesa junto a tres de sus compañeros.

Entre los cuatro la levantaron y la situaron fuera de la sala.

Vivian se colocó al lado de Arthur resignada. Este le ofreció una mano y ella aceptó, mirando hacia otro lado, pues no quería ni mirarlo a los ojos.

El cuerpo de Vivian rechazaba el contacto de su piel; lo supo cuando un escalofrío la recorrió de pies a cabeza y se aferraba una desagradable sensación en lo más profundo de su ser.

La llevó hacia el centro de la sala y, cuando la música volvió a sonar más fuerte que antes, todos contuvieron la respiración hasta que dieron los primeros pasos del baile.

Él la mantenía agarrada de la cintura con una mano y con la otra sujetaba la de ella. Daban vueltas y vueltas girando por toda la estancia. Todo se mantenía tan elegante y natural por fuera que parecía que se conocieran de años, incluso tenían la vista puesta en los ojos del otro; pero por dentro, Vivian tan solo deseaba que la música terminara ya y que ese señor dejase de poner firme la palma de su mano sobre su espalda. Todo resultaba tan incómodo para ella que Arthur le preguntó varias veces si se encontraba bien, pero ella se limitaba a dedicarle una fugaz sonrisa y a asentir.

A los pocos minutos se les unió otra pareja, y después otra, hasta que al final todos habían formado parejas para bailar, incluso los niños y hasta ancianos.

Solo una persona se mantenía alejada de la danza, apoyada contra la pared con un aire despreocupado. Sus ojos se encontraron con los de Vivian por décima vez aquella noche: el chico que había besado antes la mano de Vivian los miraba con ojos interrogantes y el ceño fruncido, como si supiera que ella no quería estar en aquel lugar.

Siguieron danzando, girando y dando vueltas por todo el salón mientras la música seguía sonando. Arthur se mostraba muy relajado; había cerrado los ojos y apoyaba la frente de su agachada cabeza en el hueco entre el cuello y el hombro de su prometida. Ella no podía rechazar aquel contacto, pese a sus ganas de hacerlo, pues sabía que sus padres tenían los ojos puestos en ella en todo momento y no podía cometer semejante falta de respeto hacia su futuro esposo delante de tanta gente.

Una lágrima silenciosa, que no tardó en secar, cruzó su mejilla. Se animó a sí misma pensando que pronto acabaría el baile.

Cuando la música cesó, Arthur y Vivian se separaron y se dirigieron una fugaz mirada. Acto seguido, él pidió algo de beber a un camarero. El resto de las parejas se separaron también, dando por finalizada la danza.

Vivian aprovechó ese momento de disfrute de todos para salir al jardín y sentarse en el poyete de la fuente central. Habría preferido que Clodette hubiese salido y estuviese allí con ella, pero la había visto hablando coquetamente con otro joven, e incluso habían bailado juntos. Sabía que no era justo para su amiga cortarle la conversación de esa manera, ya que visiblemente la estaba disfrutando.

El aire fresco le acarició el rostro con sus fríos dedos. Ella cerró los ojos para maximizar esa sensación de frescura. Podría pasar allí sola, en única compañía del aire, toda la noche. Respiró una vez, dos...

No quería volver a entrar.

Vivian quería gritar, quería salir corriendo, quitarse ese incómodo vestido que casi no la dejaba respirar con normalidad, quería quitarse los zapatos e irse a algún lugar desconocido, que sus pies rozaran la hierba fresca de algún campo lejano; quería oler el aroma de la tierra mojada, flotar lejos de allí, no volver a ver a Arthur ni bailar con él nunca más.

Sus pensamientos fueron interrumpidos por el sonido de unos pasos que se acercaban cada vez más, pero no se atrevía a volverse y mirar: tenía miedo de que fueran sus padres y solo fuesen a reñirle ahora que no estaban al alcance de la vista de nadie, o que fuera de nuevo su prometido.

No quería ver a nadie; así que no, definitivamente no miraría a quien se aproximaba.

—¿Señorita Ethelan? —El tono de voz le había sonado familiar a Vivian, pero no acababa de ponerle cara.

Finalmente, echó una ojeada al chico que se había sentado junto a ella.

—Buenas noches —sonrió con esfuerzo.

—No quisiera meterme donde no me corresponde ni ser descortés, claro, y, si usted lo desea, puedo volver a dejarla sola de nuevo. Pero me pareció que la felicidad no la acompañaba ahí dentro.

Vivian sintió un cosquilleo en la boca del estómago cuando la mano de él se posó en la suya. No supo de dónde salieron aquellas palabras, pero cuando las soltó, no se arrepintió lo más mínimo. Además, le gustaba la cercanía del muchacho y no le apetecía estar sola ahora que estaba él a su lado.

—Me han comprometido. —Las palabras, más que una afirmación, fueron una súplica para que la sacara de allí—. No estoy feliz con ello. Sabía que llegaría este día… Oh, sí, ¡claro que lo sabía! Mas no significa que lo acepte. No estoy enamorada de ese señor, ni lo estaré. No quiero que me rocen sus dedos ni que me mire siquiera. Siento que mi vida es una jaula donde permanezco presa, y los barrotes son las órdenes que siempre debo estar dispuesta a cumplir. Porque es lo que hacen las señoritas —repitió con amargura la frase que su padre le decía una y otra vez.

Cerró los ojos para calmar esas ansias de sollozar que le apresaban.

Una lágrima silenciosa la traicionó.

Erik alzó la mano hacia su mejilla y la secó.

—Pues deme la mano y sea libre conmigo. No le puedo prometer un mundo de joyas, mansiones y oros, pero le puedo jurar por la vida mía que será libre si acepta todo lo que puedo llegar a ofrecerle.

Se sintió un iluso cuando terminó de decirle eso a aquella mujer. Sintió los colores subiéndole al rostro y la cara le ardía. Era evidente que una dama de tan alta clase no andaría jamás al lado de un malabarista de circo; mas no había dicho mentira alguna, porque había sido sincero: le daría la más pura de las libertades.

Ella sonrió, coloreando de rosado sus mejillas, pues, aunque no conocía a aquel extraño muchacho, bien sabía Vivian que él le había dicho lo correcto. No la encarcelaría en vida, pero también sabía que sus padres jamás la dejarían ser feliz junto a alguien como él. Por alguna razón que no llegaba a comprender, confiaba en aquel desconocido.

Ambos suspiraron y pasaron unos minutos en silencio hasta que Vivian habló de nuevo:

—Promesas me hace cuando aún no conozco de usted ni su nombre. ¿Cuál es?

—Mi nombre es Erik. Erik Brumptone. ¿Y el suyo?

Ella dudó, pues solo sus padres la llamaban por su nombre, además de Clodette.

—Vivian.

—Vivian Ethelan... —meditó Erik—. Tu hermoso nombre concuerda con la belleza que tú posees.

Eso le arrancó a Vivian una suave carcajada, que le agradeció con la mirada.

—Erik —lo llamó ella.

—¿Sí?

—Gracias por estar aquí conmigo esta noche.

—No debes dar las gracias por ninguna cosa. Sabía que necesitabas a alguien que te oyera en cuanto vi la tristeza reflejada en tus ojos cuando bailabas con el señor Clarke. No podía apartar la mirada de ti.

—¿Por qué tú no bailabas a la par del resto?

—¿Con quién iba yo a danzar, sino con la soledad misma? Todos tenían ya pareja de baile y nadie se acercaría a alguien con estas ropas —se encogió de hombros—. Digamos que desentono con el ambiente.

Bromeó Erik, aunque no estaba tan lejos de la realidad.

—¿Sabes qué creo? Que la vestimenta no define a nadie, ni su clase ni su personalidad. Y nadie debería ser juzgado por ello.

—Bueno, todo el mundo así lo dicta.

—Pues alguien debería hacerle frente a este mundo.

Vivian miró a Erik a los ojos y le dirigió una sonrisa.

—Eres toda valentía, Vivian. No toleres que te corten las alas nunca.

6

Esas palabras se quedaron grabadas en la mente de Vivian. Jamás le habían dicho que era valiente, sino que debía comportarse como si fuese todo lo contrario.

Ambos se levantaron a la vez, dejando atrás el poyete de la fuente.

—¿Quieres entrar ya?

Vivian asintió.

—Quiero entrar —afirmó—. Mas no sola, sino que pueda gozar de tu compañía en la sala como aquí.

—Está bien —accedió encantado Erik.

Pasaron el umbral y la música y las voces del gentío sustituyeron el silencio que antes había reinado.

Apenas dos personas les vieron entrar; los demás no se habían percatado ni de su llegada ni de su ausencia, siquiera.

Se colocaron en el centro, justo donde un rato antes había estado la mesa.

Vivian miró a ambos lados, estaba rodeada de caras desconocidas y sonrientes; por primera vez en la noche, quería disfrutar y ser una más de aquellos rostros felices.

—¿Estás mejor? —preguntó Erik.

—Sí, me encuentro mejor. Porque me he sentido oída y, además, apoyada.

—No te podrías hacer una idea de lo que me alegra oír esas palabras, Vivian.

Ella sonrió cuando él dijo su nombre de aquella forma, como si lo hubiera pronunciado mil veces, como si su nombre fuera más bonito cuando lo decían sus labios. Su nombre en boca de Erik era música.

Erik tomó las manos de Vivian y la hizo girar sobre sí misma cuando una nueva canción empezó a sonar. Ella rio, con una fuerte emoción tirando de su pecho: iba a explotar de felicidad, sentía satisfacción y bienestar.

Le dio otra vuelta más y Vivian acabó apoyada en su pecho para no caer al suelo por el mareo. Él le puso ambas manos en la espalda antes de oír la voz del señor Ethelan justo detrás de su hija.

—Vivian, ¿qué estás haciendo?

Un segundo después, Erik ya no tenía entre sus brazos a la joven, que fue arrebatada de su lado por un fuerte tirón en el brazo por parte de su padre.

Vivian gritó.

—¡Padre! ¡Padre, no! ¡No!

Hizo un amago de evitar que su padre se abalanzara hacia Erik. Le propinó un fuerte golpe en la mejilla, que se iba poniendo roja por momentos. Erik chocó con alguien por el enorme impacto y, en ese momento, ya todo el mundo los miraba. Hasta la música había cesado.

Erik miró al señor Ethelan sin comprender, hasta que, con una sola mirada cargada de odio, lo entendió: su hija se había dejado ver junto a un hombre —pobre, además— cuando se había comprometido justo aquel día.

El muchacho no pudo hacer otra cosa sino sentir profunda lástima por Vivian, que estaba aterrada bajo los mandatos de su padre. Con total seguridad, pensó Erik, lo que le había hecho Thomas Ethelan a él no sería nada comparado con lo que le haría a Vivian cuando estuviesen solos.

Thomas miró alrededor y enrojeció al notar que la atención de todos estaba puesta en él.

Justo antes de darse la vuelta para irse, Erik se dirigió una vez más hacia Vivian, ignorando la furia del padre de esta:

—Vivian, mi promesa sigue en pie. Si no quieres seguir en esta jaula, dame la mano y sé libre junto a mí.

Acto seguido, se fue sin girar la vista atrás y cerró la puerta de entrada.

Vivian corrió tanto como pudo, pero no hacia la dirección que hubiese querido, no hacia Erik. Huyó en dirección a su habitación hasta dar un portazo y sentir la seguridad de las cuatro paredes de su cuarto.

A la mañana siguiente, cuando el gallo ya había dado su primer canto, se sentó en la cama y miró hacia la ventana, el único resquicio de albedrío que tenía.

Su padre irrumpió en la habitación hecho una furia y se acercó en dos pasos a donde ella estaba sentada. Lo primero que hizo fue asestarle un buen guantazo. Vivian se frotó con la yema de los dedos la zona que acababa de ser golpeada.

—¡Meretriz! ¡Sucia mujer! Nos has dejado en vergüenza delante de toda la ciudad y más. ¡Abrazada a otro varón justo el día en que habías sido comprometida! Y con un hombre de tan baja clase... esos ropajes que llevaba... —dijo con asco.

Thomas le asestó otro guantazo a su hija.

—Imagina lo que dirá ahora Arthur... ¿Qué va a pensar? ¡Que su futura esposa es una mujer de la mala vida, una fresca! Óyeme bien, Vivian —lo siguiente lo gritó tan alto que no le sorprendería a Vivian que se hubiese escuchado incluso fuera de la mansión—. No volveré a reconocerte como hija hasta que demuestres que eres digna de conservar el apellido Ethelan.

Segundos después, ya no se mostraba enfadado, sino decepcionado, y eso era incluso peor para Vivian. Pero aún no había olvidado la promesa de Erik de llevarla hacia una vida mejor, y no pensaba dejarla caer en el olvido tan fácilmente.

El señor Ethelan cerró la puerta de la habitación de Vivian con un fuerte portazo. Poco después, la puerta se abrió y Clodette apareció por ella.

—Señorita Ethelan...

—Vivian —corrigió ella.

—Vivian —repitió—, ¿qué tal estás? He venido a curarte las heridas que te ha hecho.

Ella ya había supuesto que estaba herida, pues bien había notado que tenía una raja superficial sobre su mejilla izquierda.

Clodette empapó en un cubo de agua un paño azul que había traído y lo aproximó con cuidado a la cara de Vivian.

—Vaya, sí que te ha golpeado fuerte —masculló—. Te ha hecho un rasguño aquí —señaló el lugar donde tenía puesto el paño— y la zona próxima al ojo se está empezando a amoratar.

Cuando Clodette quitó del pómulo el paño, comprobó que había una pequeña marca de sangre en él.

Un quejido soltó Vivian por los labios cuando ella volvió a mojar el paño y a acercárselo.

—Perdóname si te hago daño, es necesario limpiarte.

—No pasa nada. Te agradezco que me estés ayudando.

Clodette le pasó un brazo por los hombros a su amiga y la acercó hasta ella.

—Querida, yo sé que no eres una mala mujer, como se empeña tu padre en hacerte creer, sino que, simplemente, te sentiste cómoda hablando con un varón.

En ese momento, Vivian recordó que la noche anterior había visto a Clodette pasando un buen rato con alguien más.

—¿Quién era el chico con el que estabas ayer?

Ella negó con la cabeza.

—No cambies de tema, estamos hablando de ti, Vivian. Tu padre se ha pasado del límite esta vez.

Ella suspiró.

—Te seré sincera, amiga mía, porque confío plenamente en que sabrás guardarme este secreto. No fue solo un simple sentimiento de comodidad: también sentí que podía ser yo misma con él, sin fingir que estoy bien ni que soy una dama de buen valor. Sentí que tenía alas en mi espalda —dijo, recordando las palabras de Erik—. ¿Quizá fuese amor a primera vista? Quién sabe; aunque parezca una niñería, pienso que lo fue. Jamás había sentido tanta seguridad estando con alguien ni ese cosquilleo en la boca del estómago cada vez que nuestras manos se rozaban levemente. Solo Dios sabe si él también sintió aquello o solo fue por parte mía.

Clodette la miró con lástima.

—Sé que no puede ser, no hace falta alguna que me mires con esos ojos.

—Tus padres jamás lo aceptarían.

—Mis padres no lo aceptan; ya viste lo que ocurrió ayer. Me dolió más ver cómo él fue golpeado que las heridas producidas sobre mi piel.

—Vivian, si estás segura de lo que sientes por él deberías ir a buscarlo.

—No lo conozco apenas, Clodette. ¿Cómo he de saber por completo lo que yo misma sentí? ¿Y cómo puedes estar tan segura de que debería ir a buscarlo y que ello no tenga consecuencias para nadie?

—No, no estoy segura, pero no pierdes nada por intentarlo. Y más si gozas de la ayuda que te ofrezco.

—¿Lo encontraremos, Clodette?

En las pupilas de Vivian brillaban el miedo y la inseguridad, pero también el amor y la certeza de que, si no lo hallaba, al menos sabría que lo habría intentado.

—La ciudad no es tan grande, querida. Hallaremos al joven. —Una llama de esperanza se avivó en el pecho de Vivian, aunque más que una llama era un fuego abrasador que arrasaba con todo—. Permanece hoy en casa y no salgas. Yo voy a la calle porque los señores de la casa me han ordenado que vaya a comprar a la panadería ahora, así que me dirigiré hacia allí y conversaré entre mis contactos para encontrarlo.

—Ni por mil veces que te lo agradezca vas a saber lo mucho que lo hago de verdad, Clodette.

Las voces de los padres de Vivian se oyeron desde abajo, pidiendo a la criada que se apresurara en la compra. Ella cerró la puerta tras de sí y corrió escaleras abajo, disculpándose ante los Ethelan por su tardanza. Poco después salió con la talega en mano.

Cuando Vivian volvió a estar sola, se preguntó cómo lo haría Clodette para dar con él, pero tenía la certeza de que volvería con nueva información para proporcionarle.

Un sobresalto la despertó de un profundo sueño cuando la puerta de entrada se oyó abrirse.

—¡Vivian, apresúrate!

No sabía de quién venía aquella voz hasta que, cuando bajó al primer piso, vio a Clodette en la entrada, emocionada.

—¿Qué ha sucedido? ¡Cuéntame, me tienes en ascuas! Pero aquí no; mis padres nos escucharán —añadió, bajando la voz.

—No hay nadie: los señores se han ido a la ciudad vecina junto al resto de criados. Me lo advirtieron antes de mi marcha. Estamos solas en casa, y tengo muy buenas nuevas.

Vivian la observaba llena de expectación. Clodette siguió hablando:

—Según se muestra la situación, el joven varón es el malabarista de un circo que ha llegado a la ciudad. Comentan que en su primera actuación tuvieron tanto éxito que se quedarán meses aquí para futuros números.

—¡Oh, Dios mío! Oportunidades podré tener de verlo durante meses. ¡No lo puedo creer! Parece un sueño difícil de alcanzar; sin embargo, se cumple —exclamó Vivian, dando palmadas.

—Adorada amiga —rio Clodette—, ¡esa no es la mejor de las noticias!

Ella se quedó quieta y abrió los ojos como platos cuando Clodette anunció:

—Mañana hay una actuación en ese circo y he conseguido, gracias a la vecina de una gran amiga mía, dos entradas para verla.

—¿Es cierto eso que dices?

La cara de estupefacción de Vivian le resultó a Clodette cómica, y soltó una risita que intentó cubrir con la mano mientras asentía con la cabeza.

—Comenzará a las cinco de la tarde. Cuando termine, quizá puedas ir a hablar con él. —Le guiñó un ojo con picardía—.

Coge las dos entradas, para ti y para cualquier acompañante que quieras llevar contigo.

—¡Tú estarás a mi lado en cualquier momento! Es a ti a quien quiero invitar, quien quiero que me acompañe.

—¡Me siento realmente afortunada! —exclamó feliz la joven.

Ya había supuesto que la elegiría a ella, pues su amiga no tenía a nadie más en quien poder confiar ni que conociera su secreto. Aun así, era una alegría para su corazón afirmar que siempre sería la primera opción de Vivian.

—¿Vendrás también junto a mí cuando la función haya acabado y me aproxime a él?

—Prefiero daros intimidad para hablar sin vergüenza alguna sobre los temas que os hayan quedado pendientes. De todas formas, es mejor que no te acompañe para ello, porque sería extremadamente notorio que dos jovencitas se acerquen a hablarle y que, casualmente, una de ellas sea la misma de la fiesta. Claramente, Vivian, no te conviene que lleguen habladurías de la gente a oídos de tus padres, porque las consecuencias podrían ser aún más severas, si cabe.

—Tienes razón, no lo había pensado así.

Poco después, los señores de la casa llegaron.

Cuando comprobó que no se hallaban solos, palideció.

—Hola, mi querida damisela. Echaba de menos las vistas que me ofrecen tus ojos —se inclinó Arthur, y Vivian hizo lo propio—. Los señores Ethelan han venido a hablar conmigo y disculparse por algún error que, al parecer, hubo ayer. Mas no hace falta decir, por supuesto, que ninguna importancia ha tenido, pues ni siquiera había estado enterado de ello hasta que han venido para comentármelo —mintió con descaro—. Aun así, siento la necesidad de decirte cara a cara que no me ha resultado ofensivo en absoluto nada que tenga que ver contigo, porque tú eres la mujer más bella que me haya podido ofrecer la vida y estoy deseando unirme contigo en matrimonio.

Vivian se había quedado clavada en el lugar: no sabía que sus padres habían estado hablando con Arthur a sus espaldas, y mucho menos que él fuera a ir a su casa.

—Yo también me disculpo profundamente por mi descortés comportamiento en la fiesta. Mis intenciones no fueron en absoluto dañar a nadie.

Vivian no se arrepentía de nada ni sentía en realidad que ese señor se mereciera una mera disculpa. Es más, sabía a ciencia cierta que, si pudiera, volvería a cometer el mismo error si en él estaba Erik. Pero la mirada que su madre le había echado significaba que tenía que disculparse quisiera o no.

—No ocurre nada. Indudablemente, un desliz lo puede cometer cualquier persona. Por cierto, antes de que caiga en el olvido, he traído algo para ti. —Sacó un colgante de oro con una gema verde al final.

—No hacía falta. Te lo agradezco profundamente.

—Es el collar más valioso de toda mi ciudad y de las más cercanas, porque es el único existente de este tipo. Es un regalo para ti por parte mía, porque mi futura esposa debe lucir como tal y debe mostrar que es la más afortunada gracias al dinero que poseo.

Vivian sintió que sus manos se quedaron heladas al comprender que ese hombre no había ido a hablar con ella sino a comenzar a darle la imagen, incluso antes de la boda, de ser su mujer. Para dar la imagen de que tenían riquezas, joyas, oro y todo lo que los demás no podían permitirse. No había ido para contentar a los señores Ethelan y tranquilizar a Vivian, sino como espejo de la realidad que todos en su vida se empeñaban en pintar.

Definitivamente, solo la necesitaba para demostrar lo adinerado que era y eso fue lo que más miedo le dio a Vivian; si realmente se llegaban a casar, ella solo sería un maniquí para vestir con los mejores vestidos y adornar con collares.

Arthur se acercó a ella y apartó su pelo rubio para llegar mejor a su cuello y ponerle el colgante. Le dio un violento escalofrío cuando sus dedos tocaron la piel desnuda de sus hombros que el vestido dejaba al descubierto.

—Parece hecho a tu medida, querida. —Asintió su madre.

Vivian no pudo hacer otra cosa que asentir y tragar con dificultad para deshacer el nudo que tenía en la garganta.

Cuando el señor Clarke se alejó de ella y dio su visto bueno, la joven agradeció y volvió a subir hacia su habitación, el único lugar donde podía sentirse mínimamente segura.

Minutos después, oyó a sus padres despedirse de Arthur.

7

Al día siguiente, cuando ya habían llegado al circo y estaban haciendo fila para entrar, Vivian masculló nerviosa:

—No te podrías hacer una idea de las ganas que inundan mi pecho de ver a Erik.

Clodette rio y cuando fue su turno, le ofrecieron las entradas al hombre que se encargaba de ello delante de la puerta de acceso a la carpa.

Cuando les dio el visto bueno y permiso para entrar, se asombraron por la inmensidad del toldo; era más grande de lo que se mostraba por fuera, y desde luego, parecía también más alto.

Se sentaron en unos sitios que había libres y esperaron pacientemente a que la función diera comienzo.

Vivian era la que más nerviosa estaba, no podía parar de mover las manos y sentía de nuevo ese cosquilleo en la boca del estómago solo de imaginar que volvería a ver a Erik.

Los focos que habían estado encendidos para que los espectadores pudieran hallar sus sitios se apagaron durante unos segundos, precediendo el comienzo de la actuación. Cuando se volvieron a encender, dirigieron la luz hacia el centro, creando un círculo luminoso que resaltaba ante toda la oscuridad de la carpa.

—Señores y señoras, damas y caballeros, niños y niñas de todas las edades, bienvenidos al mejor circo de la ciudad, ¡qué digo de la ciudad, del país! —exclamó un hombre corpulento y robusto en medio del círculo de luz.

—¡Ya comienza! —susurró Clodette al oído de su amiga.

El hombre seguía hablando:

—Este no es un circo cualquiera, es este el circo Brumptone, donde encontrarás todo tipo de inigualables personas, ¡desde el hombre más fuerte jamás visto, los payasos más graciosos y el mejor malabarista hasta acróbatas y trapecistas, y cómo olvidar a los elefantes y los monos! Les deseo que pasen una buena tarde llena de risas y de momentos que os dejen sin aliento —añadió, alargando la última sílaba antes de desaparecer de nuevo en la oscuridad.

La primera en aparecer cuando se encendieron los focos fue la trapecista, una mujer con el pelo recogido en una larga trenza.

Empezó dando saltos y piruetas hasta llegar al medio, luego se subió a una cuerda y fue trepando en ella hasta finalmente agarrarse fuertemente en una barra que colgaba desde lo más alto, sujetada por otras dos cuerdas.

Cuando se soltó de la barra de metal, todos en el público se sobresaltaron y soltaron exclamaciones ahogadas hasta comprobar que seguía arriba y sujeta mediante las piernas, dio un par de vueltas aún agarrada con ellas y en un impulso se consiguió poner de pie sobre el trapecio.

En la siguiente actuación fue el turno del forzudo, en el suelo habían colocado una serie de pesas, cada vez más grandes y macizas.

En primer lugar, cogió una pequeña, de apenas cinco kilos, y la movió entre sus dedos con agilidad, mostrando que no le pesaba en absoluto. Tras esa, cogió la siguiente, y después otra, de este modo sucesivamente, hasta llegar a la última, que pesaba más de doscientos cincuenta kilos.

Aparentemente no le parecía costar levantarla, pero Vivian percibió que tenía la tez completamente colorada. Cuando terminó y llevó las pesas a otro lugar, haciéndolas desaparecer de la vista del público, la voz del señor Brumptone volvió a hablar:

—Un hombre con una fuerza impresionante, sin duda. ¡Un fuerte aplauso para él!

Todos daban palmas emocionados, pero también asombrados y expectantes por el próximo número.

—¡Es el momento del malabarista, Erik Brumptone! —gritó el hombre.

Ese nombre hizo eco incontables veces en los oídos de Vivian, que sacudió el brazo de su amiga llamando su atención.

—Va a salir ya, quédate atenta —la avisó.

Un muchacho de ojos verdes y pelirrojo se dejó ver frente a la multitud.

Vivian sintió cómo su corazón bombeaba ahora el doble de fuerte de como lo había hecho antes y se llevó una mano al pecho.

Se acercó hasta donde apuntaban las luces, llevaba en las manos tres manzanas de diferentes colores: roja, verde y amarilla.

En el comienzo, empezó a hacer malabares con ellas, primero con dos manos, después con tan solo una. Añadió una manzana más.

Las sabía controlar con gracia, como si fuese lo más fácil o lo llevase haciendo desde que era pequeño.

Cuando las dejó caer a la vez en el suelo, empezó a mover ágilmente las manos para hacer girar varias mazas a la vez, que había sacado de una bolsa.

Sus pupilas brillaban de emoción y denotaban concentración, Erik sabía que lo estaba haciendo a la perfección y su orgullo se inflaba cada vez que oía desde el público el sonido de asombro y exclamación que dejaba soltar alguien, disfrutaba asombrando a sus espectadores, sin duda alguna.

Sacó de pronto una bola de color rojo que hacía rodar sobre sus manos y sus brazos como si tuviera vida propia.

Lo hacía con tranquilidad pasmosa y con un equilibrio sorpresivo, la gente le admiraba y aplaudía con entusiasmo. Erik abrió los brazos dando por finalizada su actuación y las palmadas se multiplicaron en intensidad y fuerza.

Luego aparecieron en la escena acróbatas y animales como leones, monos y elefantes.

Al acabar todas las funciones, el señor del principio les agradeció a todos y les indicó a los visitantes que ya podían salir. Todos se levantaron y desocuparon los asientos, tan solo Vivian y Clodette se demoraron más de la cuenta.

Estaban ya los asientos vacíos cuando bajaron de las gradas hacia el círculo donde hacían los espectáculos y que estaba limitado por las telas de la carpa.

—¡Erik! —lo llamó Vivian siseando, pero nadie escuchaba y no consiguió respuesta.

Lo volvió a llamar y su cabeza asomó tras una cortina.

Cuando se percató de quién era, salió de detrás y se acercó a las chicas.

—¡Vivian! —exclamó asombrado—. ¿Qué estás haciendo aquí? Todos se han ido, además, ¡no me habías dicho que ibas a venir!

—No lo sabía hasta ayer. —Rio—. He venido a verte especialmente a ti.

—No sabes en qué medida alegran esas palabras mi humilde corazón.

—Tenía que encontrarte, no podía dejar que te marcharas así de la fiesta y no volver a tenerte en vista nunca más.

«Mayormente después de haber sentido todas aquellas emociones encontradas que experimenté a tu lado», pensó, mas no se lo dijo.

—Vivian Ethelan, aquello no fue en absoluto por la culpa tuya, pero yo también quería verte, tengo un regalo para ti.

Volvió a adentrarse atrás de las cortinas antes de salir de nuevo con un objeto en la mano.

—Esto es para ti, mi querida Vivian, no será de lejos lo más valioso que tengas, pero sí es todo lo que puedo llegar a ofrecerte.

Le tendió un brazalete de oro, el mismo que le había expropiado a una mujer en su mansión, pero Vivian no tendría jamás una idea de aquello.

—¡Oh, es hermoso, sin duda! Te agradezco con toda mi alma tu regalo, Erik Brumptone.

Vivian recordó el colgante que le había dado Arthur y pensó que jamás tendría el valor, por mucho dinero que costase, que tenía el brazalete de Erik, porque este se lo había dado con especial cariño, no para exhibirla como una ganancia más.

Erik sintió un sentimiento asemejado a una inmensa felicidad cuando ella le besó la mejilla. Su cara acogió enseguida el mismo color de su pelo rojizo como las llamas abrasadoras del fuego.

Él hizo un gesto con la mano, quitándole importancia.

—No es nada, solo prométeme, como favor, que lo llevarás siempre y que cada vez que lo observes te acordarás de mi persona.

—Ni siquiera lo dudes, te prometo eso con mi vida, si hace falta.

Ella observó el brazalete dorado con adoración, jamás Erik sabría de verdad cuánto significaba aquel detalle para ella.

—¡Erik, requiero tu ayuda en estos momentos! —lo llamó su padre desde algún punto en el que no alcanzaba la vista.

Él miró a Vivian y le dijo al oído, rápidamente, antes de desaparecer:

—Asómate a tu ventana a las doce de la noche el día de luna llena.

Antes de que pudiera responder siquiera, Erik ya se había alejado lo suficiente y el aliento cálido que había rozado la oreja de Vivian cuando le estaba susurrando fue sustituido por el frío silencio de la soledad.

Cuando Vivian se percató de que se hallaba sola en el circo, buscó, alarmada, a su amiga Clodette, que la esperaba en la salida.

—¿Qué ha ocurrido? Tu rostro rojo se halla y tus manos, temblorosas.

—No ha ocurrido todavía, pasará en la noche de luna llena.

—¿Cuándo será eso?

Vivian, con cálculos rápidos, comprendió que sería a la semana siguiente.

—Dentro de siete días miraré por mi ventana, quizá, si la suerte me sonríe, tendré una buena sorpresa.

Mas por la expresión en el rostro de Vivian, Clodette comprendió que ni siquiera su amiga sabía qué podría pasar o encontrarse.

Los tres días siguientes, Vivian los pasó pensando qué sucedería y por qué razón Erik le había pedido aquello. Noches transcurrían en vela y días con la mirada perdida, salía varias veces al día, no sin la compañía de sus tres criadas, claro está, con la esperanza de encontrarlo por la calle.

—¿Qué te tiene suspirando, hija? —Vivian ya había perdido la cuenta de las veces que su madre le había preguntado aquello en esos tres días.

Y ella siempre le contestaba lo mismo:

—Nada, madre, será cosa del aburrimiento.

Su madre la miraba con expresión interrogante, pero se encogía de hombros y no volvía a preguntar hasta que la oía de nuevo.

Así pasaron los minutos, las horas y el resto de los días, solo Clodette sabía lo que a ella le ocurría, y estaba casi tan intrigada como su amiga.

Al sexto día de espera, Vivian casi rozaba la locura, o dicho de otro modo, había ido perdiendo la cordura a cada día que transcurría.

Ya no quería salir de su habitación y pasaba el tiempo asomada a la ventana, a la espera de algo que nunca llegaba, aunque bien sabía ella que todavía no era el momento y que aún tenía que esperar otro día más.

Los nervios que sentía en su pecho la apresaban cada vez más, no solo por la intriga de saber qué tenía pensado hacer Erik, sino por el miedo de que sus padres descubrieran que no todo iba como ellos planeaban, como si tuvieran la capacidad de poder ver a través de su piel y saber que había vuelto a ver de nuevo al chico al que el señor Ethelan abofeteó.

La noche del séptimo día, a unas pocas horas de que llegara la medianoche, una de las criadas fue mandada a la habitación de la joven para decirle que bajase, pero ella se negó, excusándose con que no se sentía bien.

—No me encuentro en muy buen estado, la cabeza me duele fuertemente. Me disponía a dormir en estos momentos antes de que entrases por esa puerta, dile a mis padres, por favor, que no entren aquí, pues necesito descansar.

La criada asintió, disculpándose sin cesar y agachando la cabeza, cerró la puerta para que no le molestase el ruido a Vivian y se pudiera recuperar con más rapidez.

Cuando oyó sus pasos ya alejados, se levantó de la cama con sigilo y la abrió de nuevo. Asomada como estaba, escuchó a la sirvienta dar el recado que le había encomendado a los señores de la casa.

—Está bien, no la molestaremos, espero que mañana por la mañana se encuentre mejor, mi pobre niña. Será cosa de la tristeza por no haber visto a su prometido en tantos días —escuchó la voz de su madre en el piso de abajo.

Cuando cerró la puerta y se tumbó en la cama boca arriba, se echó un brazo por encima de los ojos, tratando de controlar la furia que habían despertado en ella aquellas palabras.

Sabía que había mentido en cuanto a su estado de salud, pero le enfadaba ferozmente que su madre se creyera con todo el derecho y la libertad de confiar que la causa de su mal cuerpo fuese no ver a Arthur.

Desde luego que si ella pudiese elegir, preferiría no verlo jamás y, además, si hubiese una sola persona a la que ella quisiera ver, esa persona, sin duda alguna, sería Erik.

Estaba deseando que llegasen las doce de la noche, tenía pensado dormir hasta esa hora, pero sabía con certeza que no podría reposar bien por el miedo a que llegase esa hora y ella siguiese estancada en sus sueños.

No dejaba de observar lo que el exterior le ofrecía a la vista, los árboles se mecían suavemente con el viento, la luna llena llegaba casi encima de los tejados de las casas cercanas, quedaba poco para la hora, las luces en los demás hogares estaban completamente apagadas y no había ningún aparente movimiento fuera, tan solo lo que la brisa movía.

Miró el reloj de la pared: quedaban minutos para las doce en punto.

Esperó pacientemente con las rodillas junto al pecho mirando a la pared de su habitación, pensando en qué sería aquello que la hacía esperar durante tantos días.

Cuando dio la hora, después de una considerable cantidad de tiempo en la que Vivian había estado nerviosa, suspirando y pensando sin parar, se asomó a la ventana, como lo había hecho anteriormente incontables veces.

Vio algo, o alguien, moverse allá abajo, una sombra silenciosa como la misma oscuridad de la noche.

Los latidos del corazón de Vivian aumentaron la velocidad.

—Me pregunto qué será... —masculló para sí misma.

De nuevo, vislumbró un movimiento cerca del suelo, pero no distinguía de quién era la figura, mas ya estaba segura de que era un hombre, seguramente un chico joven.

Abrió la ventana para poder ver mejor.

—¡Soy yo, mi adorada damisela, soy Erik Brumptone! —oyó su voz desde abajo.

Ella apoyó la palma de sus manos en el alféizar de la ventana y se impulsó para quedar más visible a la vista de Erik.

Él, con una facilidad pasmosa, agarró un saliente de la pared de la mansión y puso el pie en otro, y así, poco a poco, pero con aparente tranquilidad, y como si lo hubiese hecho muchas veces a lo largo de su vida, logró subir hasta la repisa donde se había apoyado Vivian y entró a su habitación.

Casi nadie lo sabía, pues no lo había contado jamás, pero escalar se le daba a Erik increíblemente bien porque desde pequeño se subía a los árboles de los lugares a donde el circo iba a actuar, después probó a hacerlo con paredes, y tras mucha práctica y numerosas caídas, lo logró, por esa razón no se le hacía difícil trepar hasta la habitación de Vivian.

—¡Erik! ¿Cómo has...?

Él le puso un dedo sobre sus labios para hacerla callar.

—Silencio, nos oirán. Quiero mostrarte un lugar, vamos.

Cogió su mano y tiró de ella, pero se soltó rápidamente.

—No puedo salir de aquí, si mis padres me descubriesen, sería horrible para mí.

Vivian estaba confundida, muy confundida y nerviosa, pues bien sabía que no serviría de mucho protestar y negarse a ir con él a cualquier lado, porque había estado muchos días esperando y aprovecharía el tiempo del que dispusiese para estar a su lado.

—¿Podría yo, si no es descortés por mi parte, poder poseer tu confianza?

—Sí, confío en ti —susurró Vivian antes de haberlo pensado si quiera.

—Espléndido.

Agarró su mano con firmeza y salió por la ventana, él primero, poniendo los pies sobre el poyete y luego, en uno de los ladrillos que sobresalían, cuidadosamente, y sin soltar la mano de la joven, los puso en otro más, agarrado solo por una mano.

—Vivian, imita mis pasos.

Ella asintió y colocó el pie en el mismo lugar y en la misma posición; estaba asustada, no por la posible y peligrosa caída, sino por ser la primera vez que escapaba de su casa, aún no podía creerlo.

Así, poco a poco, iban bajando agarrados a los salientes de la pared. A unos metros del suelo, Erik saltó y acabó acuclillado. Cuando se incorporó, le habló a Vivian.

—Salta —le dijo. Ella seguía aún más arriba de la mitad de la pared.

—No puedo, lo siento, estoy aterrorizada.

—¡Vivian, cierra los ojos y salta! Te cogeré, jamás dejaría que te pasase nada, lo juro por mi vida, querida.

No tenía otra opción, no podía subir de nuevo y tampoco podría seguir descendiendo ella sola. Además, esas palabras hicieron a Vivian sentir una sensación maravillosa. Cerró los ojos, y en vez de saltar, se dejó caer.

A ella le pareció que estaba desplomándose al vacío, que aterrizaría en un pozo sin fondo totalmente a oscuras. Por un momento, pensó que moriría, que nadie iba a cogerla ni a rescatarla.

Pero unos brazos la acogieron antes de impactar contra el suelo. Erik no le había mentido, la había atrapado realmente, se daba más cuenta cada vez de que sí podía confiar en él, y eso le alegró el corazón.

—¡Corre, Vivian! Si nos ven, descubrirán esto. Estoy seguro de que no es lo deseas —le susurró Erik cuando la dejó en el suelo.

Con las manos unidas echaron a correr. A Vivian no le pasó desapercibida la palabra que había pronunciado.

Se preguntó si *esto* hacía referencia a lo que sentía ella —y que deseaba que también sintiera él— o al hecho de que se estuvieran escapando de una mansión por la noche.

Cuando ya estaban lo suficientemente alejados de allí, a Vivian le entró una risa nerviosa, aún no podía pensar que fuera verdad lo que estaba ocurriendo, que se hubiese fugado de casa de sus padres con alguien a quien apenas conocía y que nadie se hubiese percatado de ello.

Se paseaban entre las sombras de la noche ya más tranquilos, con cuidado de no ser vistos, nadie más andaba ya en la calle a esas horas y la mayoría de luces de los hogares estaban apagadas.

—¿Dónde está ese lugar que quieres enseñarme?

—Ya no está muy lejos de aquí —susurró, con un brillo divertido en los ojos.

Estaban en esa parte de la ciudad a la que no iba Vivian normalmente, pues todo lo necesario estaba en las calles de alrededor y sus paseos consistían en ir con las criadas no mucho más allá del barrio siguiente, pero ahora caminaban por una zona de la que no tenía extensos conocimientos.

Él la guio por un estrecho callejón; las casas que lo constituían eran bastante pequeñas y dejaban a la vista los ladrillos. Allí había aún menos luz si cabía. Cuando miró abajo, ella descubrió que lo que sus pies pisaban eran azulejos hechos de cristal, consiguió vislumbrar su reflejo en ellos y pudo comprobar que sus ojos brillaban de felicidad, le hubiese gustado sentirse así siempre.

La angosta calle se abrió finalmente en un campo repleto de unas flores llamadas Dama de noche.

Vivian inspiró el aire llevando consigo el olor que impregnaba el lugar, admiró maravillada las flores a la vez que su aroma llegaba a cada uno de sus sentidos.

—¡Son preciosas, Erik! ¿Cómo has encontrado este lugar?

—El otro día anduve por estos lares hasta hallar el campo de flores. Me recordaron a ti, querida, y sabía que te gustaría verlo.

Erik dudó sobre contarle ahora lo que llevaba queriendo decirle desde que la vio por primera vez en la celebración, pero, pese a todo, al final decidió que aquel no era el momento.

Unas nubes se comenzaron a asomar en el cielo, cubriendo la mayoría de las estrellas visibles que salpicaban la noche.

Había llevado a Vivian allí para que pudiera ver aquel hermoso paisaje, pero también para estar más tiempo a su lado, estar con ella le hacía sentir vivo, era como un chute de adrenalina, y él jamás había sentido aquello hasta que la conoció.

Ella, con cuidado de no pisar por accidente ninguna flor, se sentó en una piedra grande que había en el medio de la tierra; Erik hizo lo mismo y cuando estaban los dos sobre la roca, ella lo miró.

—Me cautiva este lugar. —Tras un momento de silencio, añadió—: Y también me encanta que me lo hayas enseñado tú.

—A mí me cautivas tú, mi querida Vivian —contestó él en tono cómico.

Lo que ella no sabía era que no había ni un ápice de broma en sus palabras, y lo que estaba fuera del conocimiento de él, era que ella deseaba que sintiese eso realmente. Una realidad común en la que ambos eran ignorantes del otro, porque, al fin y al cabo, solo eran dos desconocidos que pensaban quererse.

Comenzó a llover, primero unas finas gotas de agua que apenas se notaban al caer sobre sus cabezas, después, gotas más gruesas que recorrían sus rostros; a Vivian le empezaba a calar ya a través de los ropajes.

—No llega a mi entendimiento aún cómo puede haber personas a las que no les guste la lluvia.

—¿Acaso a ti te gusta mojarte? —Rio Erik.

—No es eso... A cada gota que salpica y empapa mi cuerpo siento que me calma, como un refrescante respiro de paz.

Él asintió, sopesando su razonamiento.

—Dime, Vivian, ¿qué te gusta? Aparte de la lluvia, claro.

Ella lo meditó unos segundos.

—Me gusta dibujar —contestó.

—¿Qué trazas sobre el lienzo?

—Algunas veces pinto animalillos, otras, plasmo mis sentimientos y pensamientos.

—Algún día podrías dibujarme a mí. —Le dio la posibilidad—. Me encantaría ver cómo me representas a través de tus ojos.

—¡Sí, puedo intentarlo! —Le entusiasmó la idea—. Mas nada puedo prometer porque nunca he dibujado a una persona real.

—Me complace ser la primera persona a la que retrates.

Ella, satisfecha por tener algo que hacer mañana para que el tiempo pasase más fugaz, se tumbó sobre la enorme roca, acomodándose.

Las gotas le caían en la cara y ella cerró los ojos, dejándose acariciar por ellas.

—¿A ti qué te complace hacer? —preguntó ahora Vivian.

El chico adoptó la misma postura que ella.

—Me gusta trabajar en el circo. —Se encogió de hombros, aún a sabiendas de que no podía verlo—. Me gusta descubrir sitios nuevos, también.

—¿Cómo este?

—En efecto, Vivian.

Ella sonrió al escuchar su nombre en labios del joven.

—Debe ser tan divertido trabajar ahí... Siempre podrás conocer nuevas caras y ciudades, eres tan afortunado.

—Vaya, jamás imaginé que eso fuese dicho por una joven de familia adinerada a un pobre malabarista —bromeó Erik.

Ella resopló.

—Creo que tú sabes más de la vida que yo, habrás visto más cosas de las que yo podré ver jamás. ¿De qué me sirve vivir rodeada de joyas si ellas me tapan la visión del hermoso mundo en el que vivo?

—Aquí estoy yo para mostrártelo —contestó sincero—. Aun así, a veces es complicado, pues no vivo en un sitio fijo ni tengo amigos de la infancia, mi familia son mis compañeros. No tengo un lugar al que llamar hogar, al menos, no uno que no sea el circo. Además, siempre me obligo a mí mismo a no encariñarme de nadie porque luego no volveré a ver a esa persona.

Aquello a Vivian le estremeció, pues no solo le estaba diciendo que no podría enamorarse de ella, sino que le recordaba que no estaría eternamente allí. Ella se propuso disfrutar del tiempo a su lado sin pensar en el mañana.

Erik no le había contado todos los detalles, pues siempre se proponía no sentir nada ni encariñarse con nadie, pero por causas del destino, ella había sido la primera persona que le había hecho faltar a esa norma.

Solo había tenido una regla en toda su vida, y gracias a Vivian la había roto.

Él la observó: tenía el ceño ligeramente fruncido, pero, aun así, se mostraba sonriente.

8

Horas y horas pasaron hablando, conociéndose, tumbados sobre la gran roca, hasta que la luz del alba amenazaba con asomarse.

—Vivian, ¡debes volver!

Ella se incorporó rápidamente, terminando de ser consciente de que había pasado toda la noche fuera con Erik y que sus padres se despertarían en breve.

Su mente comenzó a maquinar como una locomotora, su padre siempre salía de su casa a las seis y media, y a juzgar por cómo clareaba el cielo, solo quedaban unos minutos para eso.

—Vuelve mañana aquí y retrátame como me has dicho, Vivian, por la tarde.

Ella asintió y se despidió fugazmente de él antes de echar a correr como si le fuese la vida en ello.

Le hubiese gustado demorarse más en la despedida y alargar el tiempo a su lado, pero sabía que si llegaba un minuto más tarde y su padre la viese por las calles de la ciudad, jamás volvería a pisar el jardín siquiera.

Corrió hasta sentir el aire y la humedad del ambiente en la cara, apenas veía lo que había a sus lados y notaba sus pies volar por tal rapidez.

Un par de personas que había ya en la calle se paraban a mirarla, pero casi no se daba cuenta y tampoco podía parar a pensar en ello.

Cuando llegó al jardín de su casa, encontró la puerta abierta, pero para desgracia suya, no podía entrar por ella, porque oía las voces de sus padres y eso significaba que la sorprenderían.

Tenía el corazón desbocado y una sensación de urgencia inminente, en cualquier momento podrían pillarla.

Sopesó la única posibilidad que la situación le ofrecía: escalar hasta su habitación tal y como lo había hecho Erik horas antes.

Agarró un ladrillo más salido que el resto y se impulsó hacia arriba, pero la pared estaba muy mojada y resbaló hasta caer al suelo; por suerte, no se hizo mucho daño, puesto que no había subido apenas.

Lo volvió a intentar, secándose las manos en la ropa para asegurarse mejor, pero cuando llegaba a la mitad de la pared de la mansión, su padre salió por la puerta.

Ella se pegó hasta no poder más al paredón para evitar que la viera, mas era eso bastante complicado porque la luz del sol ya cubría toda la ciudad y podría vislumbrarla con claridad.

Rezó mentalmente miles de veces para que a su padre no le diese por echar la vista atrás y descubrirla. Suplicaba con toda el alma suya que no la sorprendiese y que siguiese su camino.

Las manos comenzaron a sudarle y a mojarse de nuevo, lo impropio para una situación como aquella, pues cada vez tenía menos agarre y más probabilidad de hacerse mucho daño si caía, y esa vez, ya no había nadie que la salvase si se dejaba abandonar.

Se iba resbalando por momentos, apenas podía sujetarse ya con los dedos y su pie se deslizó por el saliente en el que estaba apoyado, quedando colgado en el aire. Soltó una exclamación ahogada y unas piedras de la pared cayeron abajo.

El señor Ethelan se paró de repente para escuchar, pues había creído oír algo, y no estaba seguro de si habían sido imaginaciones suyas.

—¿Qué habrá provocado ese sonido? —le oyó Vivian mascullar.

Se hallaba colgada de la pared por una sola mano, suspendida en el vacío al que iba a caer.

El señor Ethelan miró a los lados y no vio nada fuera de lugar, pero seguía sin moverse.

La única mano que la sostenía comenzaba ya a resbalar, sus pies ya no tocaban más que el aire mismo, no llegaba a colocarlos de nuevo en algún saliente, y con la otra mano buscaba algún otro resquicio que no terminaba de encontrar.

Quería pedir auxilio, gritar hasta que alguien fuese a asistirla, pero su padre estaba a unos pocos metros de ella y sabía que si se enteraba de todo lo sucedido, iba a hacerle más daño del que se haría si caía, y eso, que probablemente, la caída le haría perder su vida.

El señor Ethelan siguió su camino, o al menos eso le pareció a su hija cuando oyó sus pisadas cada vez menos audibles y más lejanas.

—Me lo habré imaginado —supuso, dubitativo.

Pero aún no podía respirar tranquila, pues estaba sujeta por tan solo un par de dedos, sabía que iba a caer, y que nadie iba a hacer nada por impedirlo.

Cerró los ojos, como si eso fuese hacer que el golpe doliera menos.

Calculó aproximadamente los segundos que le quedarían, agarrada de un borde.

Tres, dos, uno...

Su mano terminó por deslizarse por la superficie y se resignó Vivian a que ese fuese su fin; al menos, se dijo, las últimas horas se había sentido más feliz de lo que había estado toda su vida. Tal vez no le quedasen más momentos de gloria que vivir, pero no estaba preparada para decir adiós a todo y todos.

Sabía que estaba descendiendo metros a una velocidad de vértigo antes de que sus manos rozasen algo. Abrió los ojos de golpe y agarró, instintivamente, una cuerda enorme que venía de cualquier lado.

Se aferró a ella tal y como lo requería la situación, su vida dependía de aquella cuerda que alguien había tenido el atino de alcanzarle. Cruzó las piernas sobre ella y la asió tan fuerte que sus manos empezaron a ponerse blancas.

La cuerda fue ascendiendo por alguien que tiraba de ella, Vivian alzó la vista y vio que la cuerda salía de la ventana de su habitación.

Eso podía significar dos únicas cosas: que su madre había entrado y la había visto o...

Cuando se impulsó para entrar por la ventana, se abalanzó a Clodette, que seguía con la cuerda en la mano y la estaba enrollando de nuevo.

—¡Clodette! Oh, mi querida Clodette, te debo la vida que me has salvado.

—Imaginé que no ibas a pasar aquí la noche. —Se encogió de hombros, sonriendo.

—Gracias al cielo que adivinaste acertadamente. ¿Pero cómo sabías que necesitaría de una cuerda?

—Porque no había otra manera de entrar sin que fueras sorprendida, y seamos sinceras, Vivian, tu nula capacidad de escalar no me inspiraba confianza, de modo que la compré el otro día. —Clodette rio y su amiga empezó a agradecer sin cesar—. No es nada, Vivian, pero, si quieres compensarlo, ¡cuéntame todo lo que ha ocurrido!

Y, así pues, comenzó a relatarle todo lo que había ocurrido desde que apareció Erik a través de la ventana de su habitación.

Cuando terminó, preguntó:

—¿Crees que tenemos los mismos sentimientos?

Dudó insegura, preparándose para la negativa de su amiga.

—¡Eres ciega, amiga mía! Pese a lo que te dijo de no tomarle cariño a nadie, es demasiado notorio que está tan enamorado como tú.

Vivian rio ilusionada, y en ese momento, no se sentía una muchacha oprimida y privada de libertad, sino un pájaro con las alas bien extendidas al viento. Vivian y Clodette, esa mañana, no fueron más que dos jóvenes riéndose, cuchicheando y apoyándose la una en la otra como las buenas amigas que eran.

—Vivian, ¿recuerdas el varón con el que me viste hablando en la fiesta?

Ella lo meditó un momento, recordaba ver a Clodette estar con un desconocido para ella, y luego le preguntó por él y evitó el tema.

—Me acuerdo a la perfección —asintió—. Nos hemos visto más veces, es el hijo de un amigo de mis padres, y es muy caballeroso. Somos amigos desde hace mucho, pero creo que lo veo ahora de otra forma.

Vivian se alegró mucho por su amiga, nunca habían hablado de la vida de Clodette fuera de la mansión y ella tampoco se lo había planteado.

—Querida, ¡estoy tan feliz por ti!

Clodette le habló de las quedadas cada poco tiempo, de cómo era él y de cuánto decía quererla. Vivian se fijó en los ojos brillantes de emoción de su amiga y pensó que ella no merecía menos, que esperaba que ese joven la tratase como ella valía y deseó que siempre fuese feliz.

Cuando terminó de contárselo todo, Clodette preguntó:

—Y tú, ¿qué harás con lo que sientes?

—¿A qué te refieres?

—A si se lo llegarás a confesar.

—No, amor me sobra y valor me falta, además, no hace mucho que nos conocemos, ¡solo nos hemos visto tres veces!

—Sí, no te lo discuto, pero has pasado toda la noche hablando con él bajo la lluvia. No se trata del tiempo, Vivian, se trata de la conexión.

—No le voy a contar nada —terció ella, decidida.

—Tuya es la decisión, querida —suspiró Clodette.

—Vamos a vernos esta tarde en el campo de flores del que te he hablado antes —le dijo después de unos minutos.

—¡Eso es genial!

Ella asintió con una sincera sonrisa dibujada en los labios.

—Así es. Quiere que lo retrate, que lo dibuje tal y como yo lo veo a través de mis ojos.

—¡Qué hermoso! Espero que todo vaya bien, y no olvides llevar los pinceles y el caballete, ni el lienzo, ya puestos —bromeó.

—¡No soy tan olvidadiza, Clodette!

—Bueno... los nervios siempre te juegan malas pasadas.

—Cierto —admitió, dándole la razón.

En ese momento, oyó varias voces llegar a su casa atravesando el jardín.

—¿De quiénes se tratan? —preguntó Clodette.

Vivian se asomó y vio a través del cristal a los señores Ethelan y Clarke.

—¡No! —gritó tan alto, que hizo eco en todas las paredes de la casa.

Clodette se estremeció.

—Por favor, dime que no es Arthur. No me cuentes que tu prometido está a punto de entrar —rogó cerrando con fuerza los ojos, como si al abrirlos fuese a desaparecer ese hombre de la entrada de la casa.

—Sí —contestó Vivian apesadumbrada—, es él.

Momentos después, las voces sonaban más cerca, lo que significaba que ya habían accedido al interior; acto seguido, la voz de la señora Ethelan llamó a su hija.

—¡Vivian! El señor Clarke ha venido.

—No tengo más opciones que ir —le dijo a Clodette, suspirando.

Ella asintió.

—Te espero aquí.

Vivian cerró la puerta tras de sí y bajó hasta donde estaban sus padres y Arthur.

—Buenos días —saludó, seria.

—Te deseo un hermoso día, preciosa. Tu padre me ha contado que tenías un fuerte dolor de cabeza y he venido para comprobar la salud de mi prometida.

—¿Dolor de...? —Vivian estaba confundida hasta que recordó que mintió ayer a los señores Ethelan—. Estoy bien —le respondió bruscamente.

Ignoró su comportamiento y se acercó aún más a ella; sus padres se fueron del salón, dejándolos solos.

—¿Para qué has venido, Arthur?

—¿Es que un buen hombre no puede venir a ver a su futura esposa?

Vivian trataba de advertir sus intenciones.

—Es evidente de que algo te ha traído aquí.

—¿Te han dicho alguna vez que eres una chica demasiado lista? —Sonrió él con suficiencia o, tal vez, con sarcasmo, Vivian no estaba segura.

Arthur se acercó hasta que su aliento pudo rozar su oreja y nadie más que ella pudiese oír lo siguiente:

—Vivian, aunque parezca que no, has de saber que soy un varón muy conocido, y me están llegando rumores, habladurías de la gente, o tal vez, verdades de las que tus padres no están al corriente. Me han dicho que te vieron, Vivian, ¿qué hacías fuera toda la noche?

—No he estado fuera. He pasado la noche dormida, ayer no me encontraba en buen estado.

Un miedo irracional se instaló en su cuerpo.

—¿A qué juegas Vivian? Dime con quién estabas.

—No estaba con nadie.

Ella miraba al frente, pues no se atrevía a dirigirle la palabra cara a cara. Él la asió más fuerte del brazo.

—Tu comportamiento es muy similar al de una pequeña mentirosa, ¿no es así? Escúchame bien, ten cuidado con quién andas porque tengo los ojos puestos en ti hasta cuando estamos a kilómetros de distancia. Recuérdalo: siempre estaré vigilándote.

Cuando le soltó, ella comprobó que tenía marcas rojas de los dedos de Arthur en su piel.

—No eres nadie para controlarme. ¡Nadie! —dijo entre dientes, para que no llegase a oídos de los Ethelan ni de las sirvientas.

Estaba estupefacta, apenas hacía un rato que había llegado y el señor Clarke ya sospechaba sobre sus actos, se preguntó quién de todos los que la habían visto correr fue la persona que la había delatado.

—Tranquila, pronto lo seré y no te dejaré estar con alguien que no sea yo, así mismo te tenga que encerrar en una habitación para que no salgas.

Sus ojos se ensombrecieron.

Él le dio un empujón que la hizo retroceder varios pasos, y que la hubiese hecho caer de no ser porque se agarró de un mueble que había tras ella.

Ella se incorporó rápidamente, dispuesta a devolverle el empujón; estaba cansada de fingir ser una elegante joven de bien, y no volvería a tolerar ninguna falta de respeto de nadie, pero cuando se disponía a acercarse a él, entraron sus padres a la estancia.

—¡Oh, señores Ethelan, no se hacen una idea de cuánto me alegro de que Vivian se encuentre mejor en este maravilloso día! —exclamó Arthur, adoptando la más encantadora de sus sonrisas.

«Y la más falsa», pensó Vivian, pero no lo dijo en voz alta.

Ya había descubierto las dos caras de la admirable y ejemplar personalidad de Arthur Clarke, y no le había gustado ninguna de las dos.

Arthur se recolocó el monóculo, que había estado a punto de caerse.

Ella se limitó a observar cómo fingía ser el mejor de los varones frente a los señores de la casa y cuando se fue a despedir, le ofreció la mano como único contacto, antes de que a él se le ocurriera siquiera darle un abrazo, y se la estrechó cariñosamente.

—Rezaré a Dios para que la espera de verte de nuevo en otra ocasión no se me haga larga, mi querida Vivian —dijo besándole la mano estrechada.

—Igualmente, Arthur —dijo ella sin un ápice de emoción—. Espero verte pronto.

Dicho esto, se fue por donde había venido.

Muchos podrían pensar que Vivian se pasaba el día encerrada en su habitación, pero la verdad era que ningún lugar la hacía sentir segura como aquel.

—¿Qué ha ocurrido? —preguntó Clodette—. No vuelves con buena cara.

—Sospecha de mí, sabe que anoche no estuve aquí. Tiene a alguien vigilando lo que hago.

—¡Loco está ese maldito varón!

—Aún no estamos unidos en matrimonio, ¡imagínate, Clodette, lo que hará cuando sí lo estemos! Cordura le falta y amigos le sobran. Miedo me da.

—¿Y estas marcas en tu brazo? —preguntó señalándolas.

—Fue un bruto sin medida en cuanto mis padres nos han dejado solos.

—Un mentiroso, ¡eso es lo que es! Muy buena cara cuando están los señores y después... —Clodette levantó las cejas de forma despectiva.

—Incluso me ha empujado, casi caigo al suelo, mas no es eso lo que me importa, sino que sepa que no estuve en casa. Si eso lo ha descubierto en unas horas, quién sabe si no conoce también con quién estuve.

—Puedes estar tranquila por ello, pues si no te lo ha comentado también es porque lo ignora.

—Sí, puede que tengas razón, pero debo tener ahora más cuidado que nunca. No puede descubrirlo nadie.

Por la tarde, para evitar miradas furtivas, desconocidos curiosos y, sobre todo, personas que pudiesen dar indicaciones sobre su vida a su prometido, Clodette iba varios pasos por delante con los utensilios de pintura mientras Vivian se escondía cada vez que veía a alguien hasta que llegaron al campo lleno de aquellas flores que tanto le gustaban.

Cuando llegaron, ya estaba Erik allí.

La joven soltó las cosas de su amiga allí y se dirigió a ella:

—Luego nos veremos, Vivian. Que cada momento de esta tarde te traiga felicidad, querida —se despidió Clodette, luego se volvió y se fue.

Erik se acercó.

—¡Vivian, has llegado al fin!

—Perdón te pido si te hice esperar un largo rato.

—Llegué hace tan solo unos minutos —negó Erik.

Él rodeó con sus brazos a Vivian hasta quedar pegado a su cuerpo, ella lo recibió a él con la misma calidez, pero notó algo diferente en ella.

—¿Qué ocurre? —preguntó alzando las manos a sus mejillas y obligándola a mirarle a los ojos.

—Nada.

Le sonrió. Erik la miró enarcando una ceja y ella suspiró, rendida.

—Alguien le ha dicho a Arthur que ayer salí en medio de la noche.

—Y supongo que eso te preocupa por lo que puedan decir o pensar tus padres de ti —afirmó él.

Ella se armó de valor e hinchando el pecho lo contradijo.

—No, te equivocas. Eso me preocupa porque no quiero que me alejen de ti, Erik. Cada vez me importa menos lo que los demás opinen sobre mí o sobre lo que hago en mi vida, si te tengo a ti al lado.

Aquello alegró el corazón de Erik como si alguien hubiese encendido una fogata en medio de la tempestad y brindara calor.

Ella no lo sabía, ni siquiera él se había dado cuenta hasta ese momento que desde que la conoció no había vuelto a tontear con ninguna chica para sacar joyas de ella, quizá fuese una mera coincidencia, pero tras años siendo un ladrón día sí y día también, aquello no estaba en su naturaleza, tal vez eso se debiese a que siempre estaba practicando en el circo o pasaba tiempo con ella, por lo que la mayor parte del tiempo estaba ocupado.

—¡Bueno, Erik, voy a comenzar a retratarte! —exclamó Vivian, cambiando de tema con brusquedad, yendo al grano.

Ella colocó al joven sobre la piedra en la que habían pasado la noche y le indicó cómo debía posar.

—No tienes que hacer poses incómodas ni demasiado exageradas, sitúate en una posición en la que muestres cómo eres, saca el máximo partido a tu personalidad y relájate, pero, sobre todo, no te muevas.

Vivian dio unos pasos atrás, se puso tras el caballete que sostenía el lienzo y contempló la postura que había adoptado Erik.

Tenía una mano metida en el bolsillo, lo que acentuaba su actitud siempre despreocupada, según le parecía a Vivian por todo lo que llegó a conocer la noche anterior de él, y la otra sobre el pelo, como si se estuviese peinando.

Además, en sus labios se dibujaba una sonrisa traviesa que mostraba su lado más pícaro, astuto y pillo.

—Me encanta la pose que has elegido —aprobó Vivian.

—¿Cuál es la opinión tuya? ¿Me veo tan bien como para retratarme? —rio él, cambiando de posturas hacia unas cómicas antes de adoptar la principal.

—¿Quieres saber mi opinión? Bien, pues, pienso que eres la esencia del arte, Erik, no necesito plasmarte en un lienzo para que te conviertas en inspiración porque ya lo eres. Eres el arte en su máxima expresión.

El joven se ruborizó y ella no sabía de dónde habían surgido aquellas palabras, pero no se arrepentía de haberlas pronunciado, pues era lo que pensaba y él le había pedido su opinión.

Erik no dijo nada durante unos segundos que se le hicieron tan largos como horas.

—Voy a empezar a dibujar —anunció Vivian, cortando la tensión que se había creado a su alrededor.

Trazó unas simples líneas sobre el lienzo con aire concentrado, quería cazar la identidad y naturaleza de Erik y plasmarlas en el papel, quería que, cada vez que viera el retrato una vez acabado, le recordase a ella aunque ya estuviesen a larga distancia.

Hizo un boceto de su cara y de su cuerpo, de sus manos y de sus piernas, una vez hecho, comenzó con los detalles.

—¿Alguna vez has considerado dedicarte a la pintura como trabajo?

Vivian meditó la respuesta durante unos instantes.

—Muchas veces, si te soy sincera —le respondió, aún centrada en el cuadro—. De hecho, una vez se lo comenté a mis padres en busca de apoyo, pero me dijeron que una joven de tan alta clase no debería ni pensar siquiera en trabajo, que solo debía preocuparme de prepararle el almuerzo cada día a mi esposo cuando me casase y de mantener a mis hijos el día que los llegase a tener.

Ella levantó la mirada durante unos segundos y la dirigió a Erik acompañada de una sonrisa cargada de tristeza.

Luego, se puso otra vez manos a la obra.

—Escucha atentamente lo que te voy a decir, Vivian: no dejes que nadie controle más tu vida. ¿Quieres dedicarte al dibujo? Hazlo, que nadie te impida alcanzar tus más anheladas metas. Dices querer ser libre, pero ¿a qué estás esperando? Tu propia liberación no va a tocar a tu puerta, debes salir y buscarla tú, mas no tienes que ir sola, yo te acompañaría a cualquier lado que hiciese falta con tal de que pudieses ser realmente tú sin impedimento alguno.

Ella se maravilló ante sus palabras y se sintió enormemente esperanzada, pero, sobre todo, profundamente afortunada por tener a Erik en su vida, él simbolizaba para ella una ayuda y un apoyo esencial, con él siempre se sentía escuchada y comprendida.

Coloreando de color claro en el lienzo el retrato de Erik, pensó detenidamente en sus palabras; sabía que tenía razón, no podía quedarse de brazos cruzados a que su vida cambiase de un día para otro sin ninguna aparente razón.

En sus planes futuros, aunque no lejanos, estaba la posibilidad de fugarse de la mansión, pero como no tenía lugar al que ir, no lo había llevado a cabo.

—Algún día saldré de esta ciudad —prometió Vivian, como otras tantas veces, más para ella misma que para el chico.

—Sé que lograrás lo que te propongas, Vivian, no permitas que te hagan pequeña.

Y así lo pensaba él. Vivian era más fuerte y valiente de lo que ella se podía imaginar, pero aún no se había percatado de aquello, Erik podía ver en ella una mujer de carácter fuerte, pero si los de su alrededor se empeñaban en hacerle ver que no servía nada más que para educar niños y hacer feliz a su futuro esposo, ella acabaría por creérselo finalmente.

Erik no estaba dispuesto a que aquello ocurriese: él quería ver las alas de Vivian extendidas y verla preparada para volar, porque, cuando ella se diese cuenta de lo capaz que era de lograr aquello que se propusiese, nada ni nadie podría pararla.

Cuando Vivian terminó el retrato de Erik, un par de horas después, dudó sobre si debía mostrárselo. Había captado a la perfección la esencia del joven: su sonrisa traviesa y su actitud despreocupada. Además, era bastante parecido —o, al menos, eso le parecía a ella— al Erik real.

Él se estiró tras haber estado tanto rato sin moverse.

—Gracias al cielo que has terminado al fin, Vivian. Un minuto más en esa postura y creo que no me hubiese podido mover nunca más. ¡Tengo todos los músculos agarrotados!

—No estoy segura de que quieras ver el resultado... —titubeó.

—¡Por supuesto que sí! Estoy seguro de que ha quedado genial.

Vivian giró lentamente el lienzo, dejando a la vista el dibujo que había hecho.

Erik abrió enormemente los ojos con sorpresa y sus labios se despegaron por la estupefacción. Si ella no estuviese tan nerviosa, aquella expresión le habría parecido hasta cómica.

Los segundos que tardó en hablar se le hicieron descomunalmente lentos.

—¡Vivian, se te da realmente bien! Es idéntico a mí: el pelo, los ojos, la boca, las manos... Absolutamente todo es igual a la realidad. Es... —por un momento se quedó sin palabras, pues ninguna podía reflejar el asombro y la admiración que sentía ante semejante talento artístico—... es increíble. Me produce una inexplicable felicidad ver cómo me puedo contemplar a través de tus ojos, si es así como me ves.

Las mejillas de Vivian se tiñeron, pues le avergonzaba que alabaran tanto sus pinturas. Además, era la primera vez que alguien veía alguno de sus dibujos, aparte de su amiga Clodette.

—No es para tanto, Erik, exageras —rio.

—¡Por supuesto que sí lo es! Tienes un talento innato. Deberías conceder a todo el mundo el placer de conocerlo.

Ella negó con la cabeza.

—Quizá algún día, pero esto es para ti. De ahora en adelante es de tu propiedad —añadió, tendiéndole el retrato tras firmarlo con su nombre.

Erik volvió a admirar una vez más la enorme obra de arte que había hecho Vivian. Realmente no había conocido, en ninguno de sus viajes, a alguien con aquel talento. Observar aquel dibujo era como mirar su propio reflejo en un espejo.

Sin embargo, lo que más le gustaba y le había llamado la atención a partes iguales era la variedad de tonos de verde que había utilizado para el color de sus ojos.

9

—Me fascina. Te agradezco semejante obra, Vivian.

Ella asintió, sonriendo.

—Prométeme algo.

—Lo que quieras —respondió Erik sin dudarlo ni un segundo.

—Cuando te vayas de la ciudad y estés a una larga distancia de mí, recuerda este momento cada vez que lo veas y acuérdate también de este lugar que estamos haciendo nuestro. —Extendió los brazos señalando el campo de Damas de noche.

—Lo prometo, Vivian —dijo, pero ella jamás sabría con qué intensidad habían calado sus palabras en la mente de Erik.

Aunque no le hubiese hecho prometerlo, él había sabido desde el primer momento que, aun queriendo, nunca habría podido olvidarla.

Un soplo de aire fresco meció las flores y el viento arreció. Un pequeño remolino de hojas rodeó el cuerpo de Erik, haciéndolo parecer irreal. Vivian lo miró, tratando de recordar cada detalle y pensando en la promesa que ahora era solo de ellos.

Cuando Erik vio que ella se cruzaba los brazos sobre el pecho para conservar el calor, le puso su chaqueta sobre los hombros.

—¿Crees que las promesas se cumplen pese a que pase un largo tiempo?

Él tardó unos instantes en responder.

—Creo en las personas que luchan para cumplirlas, sí.

Erik se acercó cuidadosamente a Vivian y rodeó su cintura con un brazo. Con la mano acunó su mejilla. Ella dio un paso adelante, refugiándose en el calor que desprendía el pecho del joven.

Sus miradas se encontraron antes de que Erik bajara a los labios de Vivian. El ambiente se volvió denso y sus respiraciones se entremezclaron, temblorosas, adelantando lo inevitable. Por fin, cuando Vivian pensó que él se echaría atrás, posó sus labios en los de ella con dulzura.

No fue un beso apasionado, pero a ambos les supo como un caramelo dulce en el paladar de un niño pequeño.

Cuando se separaron, los dos sintieron una sensación en el pecho de felicidad absoluta, como si hubiesen estallado miles de fuegos artificiales dentro de cada uno de ellos, como si dos mundos hubiesen colisionado.

Cuando al atardecer·Vivian volvió a su casa, se sentía una persona nueva: más valiente y decidida, pero sobre todo estaba más eufórica que nunca.

Clodette la esperaba en su habitación, sentada sobre la cama de Vivian.

—¡Clodette, qué agradable sorpresa encontrarte aquí!

—Hoy me ha pasado algo sublime, sin duda —le anticipó, exultante de alegría.

—¡Relátame lo tuyo! —contestó Vivian igual de pletórica.

—Bien pues, hoy el joven del que te hablé se ha declarado ante mí.

—¿El hijo varón de aquellos amigos de tus padres?

Vivian trató de recordar al muchacho que había hablado con Clodette en la fiesta.

—En efecto —afirmó—. ¡Y eso no es todo! No, en absoluto. ¡Le ha pedido mi mano a mi padre!

—¿Él ha afirmado su petición?

—¡Sí, lo ha hecho! Nos casaremos en algún futuro no muy lejano, espero.

—¡Oh, Clodette! No imaginas cómo alegra escuchar eso a mi corazón.

—A mí también me alegra, Vivian. Por cierto, ¿qué tal con Erik?

—¡Ay, amiga! No puede ir mejor.

Tras bajar a cenar y contarle lo sucedido un poco por encima, Vivian se acostó satisfecha por todo lo que había ocurrido aquella tarde.

Tapada con una fina manta y oyendo únicamente el tictac del reloj, dirigió la mirada por la ventana, admirando el brillo intenso de la luna.

Se sentía tan cansada que sus ojos se cerraban aun en contra de su voluntad.

Casi se quedaba dormida ya cuando oyó unos golpes en la ventana.

Sobresaltada, contempló la oscuridad de la noche, pero no vio a nadie.

Todo el cansancio que tenía desapareció de repente cuando los golpes volvieron a sonar: lo bastante flojos para que nadie que durmiese en otra habitación los oyera, pero lo suficientemente altos para que Vivian los escuchara con claridad.

Se levantó y, con sigilo, abrió la ventana. Asomó la cabeza y casi se cayó al suelo del susto cuando vio a un hombre pegado a la pared de la casa.

Antes de que ella pudiese abrir la boca para gritar y pedir ayuda, el varón se la tapó con una mano, entró rápidamente y con la otra le agarró el brazo, impidiendo que saliese corriendo.

Vivian se removió entre sus brazos tratando de escapar, presa del miedo. Por su mente cruzó la posibilidad estremecedora de que fuese Arthur, e intentó sacar fuerzas para huir, pero no hubo resultado: su fuerza no era nada comparada con la del hombre que la mantenía apresada.

Vivian tenía los ojos abiertos como platos a causa del terror. No dejaba de moverse para escapar y pedir ayuda, hasta que el chico no se identificó, ella no respiró con tranquilidad.

—¿Qué haces aquí? —preguntó con el corazón desbocado—. ¡Un loco es lo que eres!

—Tengo algo que decirte, Vivian, y no podía esperar más.

—¡Erik, son las dos de la madrugada! ¿Qué ocurrirá si mis padres te hallan aquí a estas horas?

—Correré el riesgo —se limitó a encogerse de hombros.

Vivian estaba notablemente nerviosa por si eran sorprendidos y no dejaba de lanzar miradas furtivas a la puerta.

—Espero que sea muy importante eso que me quieres decir.

—Lo es, te aseguro que lo es. Me quita el sueño por las noches y me arrebata suspiros durante el día. No podía sostener más el peso de la espera para decírtelo.

Vivian asintió, dando paso a Erik para que hablase.

—Está bien, te escucharé.

—Desnudándome en alma y corazón, sin tapa alguna, te confieso estas palabras para que logres observar la inmensidad que me haces sentir. Mas solo fíjate en el fulgor ilusionado de mis ojos cuando cruzan una mirada con los tuyos. Tantas cosas significas para mí que nombrarlas con palabras significaría limitar tu presencia en mi vida, pero, aun así, te lo explicaré de la mejor manera que sé. Eres la esencia de una luz que me guía en mis noches de desasosiego, eres la primera flor en florecer cuando el alba recubre el campo con sus primeros rayos, eres el eco de los relatos que me narras para provocar en mis labios una sonrisa, eres la suavidad aterciopelada de tus manos acariciando mi rostro. Eres la persona de ojos más cautivadores que he visto jamás; en ellos soy capaz de ver un universo al completo, con sus millones de estrellas, planetas y lunas. Eres mi sueño más anhelado y el cielo que estoy a punto de alcanzar, el olor de la refrescante lluvia después de un caluroso verano, eres esa sensación de hogar que me embarga cada vez que estoy a tu lado. Desde que el destino provocó que cruzásemos la primera mirada, soy tuyo, Vivian, en alma, piel y corazón. Soy tuyo. Porque, aunque no sé si me correspondes, tú eres el amor de mi vida y con quien anhelo pasar el resto de mis días, porque tú me haces ser yo. Te quiero.

Vivian enmudeció: parecía haber perdido toda capacidad de articular palabra alguna. Tardó varios segundos en responder, momentos en los que Erik agonizaba por dentro buscando algún resquicio de señal en la expresión de Vivian que le dijese por ella qué se le estaba pasando por la mente.

—Erik, yo... —titubeó Vivian, debido a la estupefacción que se había estancado en su ser—. También te quiero. Te quise desde el momento en que me dirigiste la palabra por primera vez, te quise bajo la lluvia, te quise cuando nos escapamos de mi habitación en la noche, mientras te dibujaba rodeado de flores, y te quiero ahora. Si tú has decidido ser mío, yo tendré el placer de admitir que siempre fui tuya también.

Se fundieron en un abrazo sincero y los labios de Vivian encontraron los de Erik por segunda vez en tan solo unas horas.

Necesitaban demostrar todo lo que sentían y no podían decir: aquello que se les había atascado en la garganta en forma de palabras pero que necesitaban soltar. No había frase alguna que demostrase todo lo que se necesitaban el uno al otro.

Vivian estaba aún temblorosa cuando se separaron por la sincera declaración de Erik, pero también percibía en ella un estado de éxtasis y alivio por saber que todo lo que había descubierto en todos aquellos días había sido recíproco.

Aquella noche, sin nadie más que ellos y tras la petición de Vivian, él se quedó a dormir junto a ella, abrazándola con cariño en su habitación.

Cuando a la mañana siguiente ella abrió los ojos y se desperezó recordando todo lo que había ocurrido hacía tan solo un rato, sonrió, hasta que se dio cuenta de que Erik no estaba ya a su lado.

Por una parte, eso le aliviaba y tranquilizaba: probablemente él se había marchado hacía poco por si alguien se daba cuenta de su presencia. Por otra parte, a ella le hubiese encantado haber despertado y comenzado el día junto a él.

Bajó a desayunar y encontró a su madre sentada en la mesa.

—Buen día, madre.

—¡Vivian, querida! Quería comentar algo contigo.

Aunque el tono que había usado no presagiaba nada malo, a la joven se le tensaron todos los músculos, pero se limitó a asentir para que su madre no sospechara. Aunque le causaba bastante pavor que estuviese desconfiando de ella o que Arthur le hubiese contado algo de la última vez que se vieron.

—¿Hay algo que pueda hacer?

La señora Ethelan negó con la cabeza.

—Vivian, ¿ocurre algo últimamente? Estás más distraída, más aislada de lo normal en tu habitación, ¡y ya es decir! Además, si no estás sola allí, estás fuera de casa. Apenas mantienes últimamente una conversación con tu padre y conmigo sobre cómo ha ido tu día o sobre tus sentimientos.

Vivian se sintió culpable: hacía tiempo que no mantenía una conversación especialmente larga con sus padres, pero desde que el señor Ethelan le gritó después de la fiesta, la relación se había enfriado notablemente, sobre todo con su padre.

Además, Arthur tampoco la había tratado bien y si les contaba algo, estarían —cómo no— a favor de él. Terminantemente no quería casarse con ese hombre. Y aún había más: no podía hablarles sobre Erik y de lo enamorados que estaban el uno del otro.

—Pido sinceras disculpas si os hice sentir mal; no me había percatado de la distancia que ha habido últimamente entre nosotras —mintió—. Pero no hay novedades apenas en mi vida. Supongo que solo estoy nerviosa por mi compromiso con el señor Clarke.

—¡Mi querida hija, todo saldrá bien! Aunque aún no está fechada...

Vivian entró en pánico al ver a su madre pensativa, por si se le ocurría volver a traer a la casa a Arthur para establecer algún día en concreto.

—Y mejor así. No es bueno tomar cosas tan a la ligera, ¡sobre todo si son de tal importancia!

—Supongo que tienes razón —contestó ella, y por fin Vivian pudo suspirar aliviada—. Realmente no puedo imaginar un mejor compromiso para ti. Arthur es de tan buena familia...

Vivian asintió, jugueteando con sus manos antes de dar un sorbo a su taza de té para evitar contrariarla y decirle todo lo que opinaba realmente sobre él.

—Por cierto, Vivian, el otro día fui a la apertura de una biblioteca en el centro de la ciudad. Te recomiendo ir hoy. ¡Clodette! —llamó a la sirvienta, que se hallaba por allí cerca limpiando el polvo y que estaba oyendo la conversación—. Acompáñala.

Clodette asintió.

—Claro, señora Ethelan.

Mientras Vivian terminaba de desayunar, su amiga terminó de recoger el desorden que había en la mansión.

—Clodette, podemos ir cuando tú precises.

—Ya finalicé mis tareas.

Tras las indicaciones de la madre de Vivian para saber dónde estaba aquella biblioteca, salieron de la casa y cerraron la puerta tras de sí. Cuando ya habían pasado el jardín y estaban fuera, Clodette susurró:

—Un factor clave es el que ha olvidado: la biblioteca no abre hasta la hora siguiente, así que tienes unos sesenta minutos para estar con Erik. Vamos al circo.

Vivian se cuestionó cómo había hecho su amiga para saber el horario de aquel lugar.

—¿Qué? ¡Has perdido la cordura, Clodette! Si mis padres se dieran cuenta...

—¿Y cómo lo harían? La señora Ethelan no piensa salir hoy de casa, según lo que me ha contado, y el señor Ethelan estará fuera todo el día. Es imposible que ocurra eso que te atemoriza.

Se dirigieron hasta el circo, donde todos estaban practicando y caminando de un lado a otro. No habían tardado mucho en llegar, teniendo en cuenta que habían ido a paso ligero.

En medio de todo aquel mar de gente estaba el joven de cabellos de fuego.

—¡Erik! —se abalanzó a sus brazos en cuanto lo vio.

Él acarició su pelo y colocó su mano en su mejilla, obligándola a mirarle a la cara.

—¡Vivian! ¿Qué estás haciendo aquí?

—Tenía tantas ganas de verte...

Él tornó su expresión de sorpresa a una de preocupación y se apartó de ella rápidamente.

—Vivian...

—¿Ocurre algo? —se separó ella también. No entendía por qué Erik actuaba ahora así.

—¿No crees que es peligroso que estés aquí?

—¿Peligroso...? —Meditó aquella palabra, tratando de adivinar la razón por la que lo sería—. No, no lo creo.

Negó con la cabeza.

—¿Qué pasaría si alguien nos viese? A mí me da igual, pero a Arthur...

Ahora lo entendía. Vivian suspiró, calmando los nervios que había sentido al ver a Erik comportarse de aquel modo: solo estaba preocupado por ella porque no quería que su prometido se enterase.

—Nadie me ha visto llegar hasta aquí y tus compañeros no me conocen de nada, así que nadie puede contar nada. Tranquilo.

Vivian le puso una mano en el hombro al chico para calmarlo.

—Tienes razón, perdona —se disculpó Erik y, de pronto, pareció acordarse de algo—. ¡Tengo algo que enseñarte, vamos!

La guio hasta una caravana a través del incansable ir y venir de animales, domadores y demás. Clodette se quedó charlando con algunas personas que habían visto actuar cuando visitaron el circo.

—Este es... mi hogar, supongo. Nunca se lo había mostrado a nadie, pero contigo me he saltado tantas normas que no ocurrirá nada si me salto otra más. No es nada parecida a tu mansión, pero es un techo donde dormir y comer —le decía, avergonzado.

La caravana era acogedora: tenía un par de camas y armarios, una pequeña cocina y poco más, pero era bastante bonita. Se notaba a leguas que Erik y su padre, el señor Brumptone, habían puesto todo su empeño y esfuerzo en hacer de aquel automóvil su casa. Había detalles que a Vivian no le pasaron desapercibidos y que, sin duda alguna, se identificaban con la personalidad del pelirrojo. Pero lo que más le había causado estupor a Vivian fue ver el retrato que le había regalado a Erik colgado enfrente de su cama.

—No lo puedo creer... —articuló sorprendida.

—¡Pues créetelo, Vivian! Tengo la mejor obra de arte jamás creada en mi casa —afirmó, muy orgulloso.

Unos pasos interrumpieron la conversación. Cuando se giraron, vieron allí al señor Brumptone.

—Vaya, usted tiene que ser la señorita Vivian Ethelan —inclinó la cabeza, sonriendo—. No se imagina cuánto me han hablado de usted.

Ella se sonrojó y Erik intervino:

—Vivian, este es mi padre —le presentó.

A ella le sonaba haber visto la cara y oído la voz de ese hombre en algún lugar, hasta recordar que era el presentador del circo, el señor que había hablado y dado la bienvenida a todos.

—Encantada, señor Brumptone —le tendió una mano, que él estrechó con delicadeza—. Espero que todo lo que haya oído sobre mí fuesen cosas buenas —bromeó, mirando a Erik.

—Sublimes eran, ¡sin duda! Parece que mi hijo te tiene mucho aprecio.

Vivian sintió calor en el centro del pecho.

—El mismo que yo a él.

Erik le cogió la mano y la acercó a él.

El señor Brumptone suspiró:

—Ah, el amor joven, ¡qué bonito! —exclamó, saliendo de la casa tras coger un sombrero que había sobre una mesa.

—Parece un buen hombre —dijo Vivian a Erik.

—Lo es —afirmó—. Es la única figura paterna que he tenido siempre.

Ella recordó todo lo que le había contado sobre su pasado la primera vez que se vieron en el campo de flores, añadiendo, además, que era la primera persona a la que le contaba la verdad sobre su niñez.

Se paseó por el interior de la caravana, observando y escudriñándolo todo con curiosidad hasta reparar en algo que brillaba bajo la cama de Erik.

Él, que vio que ella se había quedado quieta de repente, mirando fijamente el lugar donde guardaba todos los objetos robados, notó que se le tensaban los músculos. Era cierto que, desde que la conocía, casi no había hurtado nada; es más, había invertido tanto tiempo en pasarlo con ella que se había olvidado de su costumbre de coger cosas que no le pertenecían. Pero, ayer, cuando iba camino a la mansión de Vivian, no había evitado quitarle a un hombre un reloj de pulsera.

—Vivian, será mejor que salgamos.

Trató de evitar que ella se acercara a la cama; pero, cuando se agachó para poder mirar mejor lo que había ocultado, supo que aquello iba a ser difícil de enmendar.

—Erik, ¿por qué tienes todas estas cosas aparentemente escondidas?

Su mente iba maquinando a mucha velocidad: no sabía qué excusa poner sin que fuese evidente la mentira.

—No te debes preocupar por eso. Vamos fuera, por favor.

Necesitaba que saliera de allí cuanto antes para evitar una ráfaga de preguntas a las que no sabía si podría responder con sinceridad.

Era lo único que no le había contado jamás a nadie: su mala costumbre de afanar.

—Puedo explicarlo, Vivian, pero aquí dentro no.

—Dime que todo esto es tu propiedad, Erik. Te lo suplico, dime que no es robado.

Su silencio le valió por toda respuesta.

Ella se llevó las manos a la cabeza, estupefacta.

—¿A cuánta gente has afanado, Erik? —él seguía sin responder—. ¡Ni siquiera eres capaz de responder a eso! —gritó, alterada.

—Vivian, desde que te conozco apenas lo he hecho y lo puedo dejar de hacer por ti.

—Estoy enamorada de un ladrón —masculló ella más para sí misma que para que Erik la escuchase.

—No, ¡no! Bueno, quizá antes sí, pero...

Vivian no parecía estar escuchándolo; se quedó pensando, simplemente mirando el montón de objetos que no pertenecían a Erik, hasta que se le descompuso la cara y palideció, quedando lívida.

—Erik, ¿acaso finges todo esto para obtener riquezas de mi familia? —ató cabos.

Él abrió los ojos de par en par: no podía creer que le estuviese preguntando aquello de verdad; no tenía sentido alguno. Vivian era la primera persona de la que se había enamorado, y la quería con todo su corazón. Jamás se le pasaría por la cabeza utilizarla para eso. En todo eso estaba pensando cuando ella asintió y se dio la vuelta, cabizbaja.

Erik se dio cuenta de que había malinterpretado su silencio, de que había tardado demasiado en responder que la quería —¡cuánto la quería!—, y ahora ella se estaba yendo, pensando que solo la había manejado a su antojo.

Por fin reaccionó cuando ella ya estaba fuera de la caravana. Corrió tras Vivian y la agarró de la muñeca, impidiendo que se alejara aún más.

—Vivian, mírame.

Ella tenía la vista estancada en el suelo; seguía totalmente blanca y había perdido todo color de piel. Erik se sintió todavía peor cuando se percató de que todo lo había causado él.

—Vivian, no te he utilizado, todo lo que te confesé anoche era verdad. Jamás había sentido esto por nadie, ¿lo entiendes? Nunca.

Ella negó.

—No es cierto. —De un fuerte tirón se soltó del agarre que los mantenía aún unidos y fue a refugiarse en los brazos de su amiga Clodette, que le pasó uno sobre los hombros—. Vámonos, Clodette.

Sin preguntar nada, ella siguió la petición de su amiga. Sabía que no era momento para preguntar sobre lo ocurrido dentro de la caravana, pero también estaba segura de que se lo terminaría contando tarde o temprano.

Solo le bastó a Clodette una mirada por encima del hombro para ver a Erik temblando, pese al intenso calor que hacía, y solo deseó que, fuera lo que fuera, lo arreglaran pronto; porque jamás había visto a su amiga tan triste como lo estaba ahora, pero tampoco la había visto nunca tan feliz como lo había sido al lado de aquel joven.

—Me apetece ir a la biblioteca y perderme entre las páginas de cualquier libro.

—Pues vayamos; probablemente ya haya abierto sus puertas.

10

Cinco días. Esa era la cantidad de tiempo que Vivian había contado que llevaba sin saber nada de Erik. Aún no podía creer que solo la hubiese usado de esa manera, mas tampoco podía procesar del todo el hecho de que fuese un ladrón.

Él le había dicho que no la había manipulado para beneficio suyo antes de marcharse de allí, pero también había tardado en negar que no solo había estado a su lado por todo lo que había a su alrededor.

Al fin y al cabo, esa era otra cara negativa de la moneda: nunca sabría cuándo alguien se le acercaba por puro interés.

En esos días apenas había comido ni salido siquiera de su habitación; incluso percibía, cada vez que se miraba al espejo, que había adelgazado considerablemente.

Cuando peinó su melena de oro, fue hasta donde estaba Clodette, en la planta baja de la mansión.

—¡Oh, querida! Veo que por fin te has decidido a salir; me alegro.

—Necesito hablar sobre lo que ocurrió.

Tenía la mirada puesta en el suelo, y sus ojos estaban enmarcados por unas oscuras ojeras.

Clodette tragó saliva. No sabía si su amiga de veras necesitaba contarlo o solo no quería seguir estando sola en su cuarto.

—Está bien, sentémonos.

Dejó de hacer lo que estaba haciendo para sentarse en el sillón y oír lo que Vivian tenía que relatarle.

La puerta estaba cerrada y los señores de la casa se encontraban en el santuario, así que pensó que, seguramente, estarían allí un buen rato.

—Descubrí que es un ladrón. Tenía decenas de objetos robados y escondidos bajo la cama. Cuando le pregunté el número de personas a las que había afanado, no tuvo el valor de responderme o, quizá, simplemente lo había hecho tantas veces que no tenía idea alguna. También le pregunté si había fingido tener sentimientos hacia mí y pareció meditarlo.

Lo había soltado todo de carrerilla para no llorar, pero bien sabía que frente a Clodette no tenía que fingir un buen estado de ánimo.

—Vivian, no creo que te hubiese mentido, si quieres mi opinión. Al salir de allí, me fijé en su aspecto: estaba temblando de manera descontrolada. Por cierto, ¿no oíste lo que dijo finalmente? —Vivian negó, extrañada, porque no había escuchado que Erik hablara después de soltarse de su agarre—. Dijo que te esperaría en el lugar de siempre. No sé muy bien a qué se refería, pero, si tú te haces una idea, te aconsejo que vayas. No puedes seguir así.

—El lugar de siempre... —meditó.

Clodette se fijó en sus ojos totalmente rojos y en su pelo enmarañado. Tenía un aspecto desaliñado.

—¡El campo de flores!

Miró por la ventana. Aún no se había escondido el sol, pero faltaba poco.

—Tengo que ir. —Saltó decidida, pero, de pronto, volvió a ser la joven indecisa y desconfiada que había sido aquellos últimos días—. Pero ¿a son de qué? Si yo tuviese razón y solo me hubiese...

—Se acabó —ordenó Clodette con el ceño fruncido y sin dejarla terminar. También se había puesto en pie—. Vas a ir y yo te acompañaré para asegurarme de que no te arrepientes a mitad de camino. No admito discusión alguna. Si está, bien; y si no está, volverás cada uno de los días siguientes hasta dar con él. O volveremos a su circo y zanjaréis el conflicto del que ambos sois culpables: él por afanar y tú por no saber escuchar y permanecer en tus trece.

Vivian nunca había visto a Clodette tan enfadada, decidida ni dando órdenes, pero también admitía que su ira era justo lo que ella necesitaba para ir a hablar con Erik si no quería perderlo para siempre.

—¿Crees que lo encontraremos?

—Solo hay una manera de averiguarlo: ir a ese sitio del que tanto hablas.

Corriendo por las calles, se dirigieron hacia allí. Clodette calculó que habían tardado unos diez o quince minutos, lo suficientemente tarde para sospechar que Erik ya no seguiría esperando, pero prefirió no decir nada a su amiga. Ahora que por fin había salido del bucle de negatividad en el que había entrado, lo último que quería era que volviese a entrar.

Cuando Vivian vio que el lugar estaba vacío, se giró:

—No hay nadie —terció.

—Pues mañana volveremos, lo quieras tú o no.

La joven rubia asintió, pues no quería dar paso a una discusión con otra persona tan importante para ella.

Y así lo hicieron. Al día siguiente volvieron. Vivian tenía la enorme esperanza llameando en el centro de su corazón de encontrarlo allí; pero, al obtener el mismo resultado que el día anterior, sentía que la llamarada se apagaba como quien apaga una vela.

Al día siguiente, volvieron a intentarlo; el resultado seguía siendo el mismo: aquel lugar permanecía vacío.

El tercer día de intento, apenas quedaba ya esperanza en Vivian, pero Clodette estaba tan decidida a ir que no podía llevarle la contraria. Su amiga la había vuelto a acompañar, pero aquella vez tenía que ir un momento a hablar con el varón con quien había sido comprometida. Vivian se quedó sola: se tomó unos minutos para aspirar profundamente y respirar con la normalidad que había perdido por ir corriendo durante todo el trayecto.

Cuando llegó hasta el campo, su corazón se desbocó.

Ante ella había un joven varón de alta estatura y cabellos rojos, sentado en la piedra donde un día lo había retratado. Miraba hacia el horizonte, dándole la espalda a Vivian; no se había percatado aún de su presencia.

—Erik —susurró para que no se sobresaltara.

Giró la cabeza rápidamente y sus facciones se suavizaron hasta formar casi una sonrisa en cuanto la vio.

—Por fin te has decidido a venir. Te echaba de menos.

—He venido los últimos días también, pero siempre llegaba tarde.

—Tú nunca llegas tarde, Vivian; quizá sea yo quien siempre se va demasiado pronto.

Ella sonrió: no sabía cómo lo hacía, pero siempre tenía algo que decirle que le sacara al menos una sonrisa sincera.

—Siento haberme ido así, debería haber parado a escucharte.

Negó con la cabeza, sacudiendo su cabellera.

—Tardé demasiado en responder algo que en mi mente contesté rápidamente, pero no llegaba a entender cómo podías pensar aquello de mí.

—Yo tampoco me explico la razón por la cual dudé. Te pido disculpas.

—No, querida, te las pido yo a ti, porque no tendría que haberte ocultado esa parte de mí. No quería que pensaras que era un vulgar ladrón que te haría la más infeliz.

—Jamás pensaría eso. Contigo me he sentido mejor de lo que me he sentido en toda mi vida.

—No volveré a hurtar, cambiaré para ser mejor para ti. No mentí diciendo que estaba enamorado.

—Lo sé. Posees toda mi confianza de ahora en adelante.

—Te agradezco de corazón que te quedes conmigo a pesar de ver esa parte de mí que tenía tan escondida para el resto. No sé si merezco tu confianza, pero daré todo de mí para no defraudarte ni decepcionarte —añadió, cogiéndole las manos con ternura.

Vivian sintió lástima por él, pues le apenaba que llegara a pensar que iba a dejar de quererlo porque hubiese cometido errores, de los que, sabía con certeza, se había arrepentido.

—Quiero ser el varón que te haga sentir segura, que nunca te haga dudar y que dé todo por ti, Vivian, porque te lo mereces. Quiero que tus labios sean el eco de tus carcajadas, un mar de sonrisas. Quiero hacerte feliz.

—Pues no hay más que hablar: quédate a mi lado para siempre y seré la más feliz de las mujeres.

Cuando la noche caía lentamente en la ciudad, Clodette apareció de nuevo y se despidieron de Erik. La sirvienta sonrió con profunda satisfacción, pues estaba convencida de que su amiga volvía a ser la misma de siempre.

Al entrar en la mansión las dos muchachas, la señora Ethelan se acercó a su hija y le puso ambas manos sobre las mejillas.

—Luces diferente esta noche, mi adorada niña. ¿Dónde te hallabas?

—En esa biblioteca de la que me hablaste. Supongo que rodearme de libros hace que me muestre más inteligente de lo normal —bromeó.

—No creo que sea a causa de ello. Llevas ahora más buena cara que esta mañana, luces menos ojerosa y no estás tan pálida. Tu sonrisa brilla de felicidad.

—¡Oh, gracias, madre!

Ahora todo le parecía magnífico y espléndido a Vivian: veía la vida de otra forma ahora que volvía a tener contacto con Erik de nuevo; todo era del color de las rosas.

La señora Ethelan supuso que serían cambios de humor propios de la edad y lo dejó estar, pero, antes de que subieran a su habitación, se dirigió a su hija una última vez:

—Mañana viene Arthur, vamos a concretar la fecha de la boda.

Su ceño se frunció con la velocidad del rayo en la tormenta.

—¡Pero, madre, quedamos en que no lo tomaríamos tan a la ligera!

—Calma pides y calma tendrás. Mañana viene, sí; mas no os casaréis mañana. Solo elegiréis una fecha. Solo de vosotros dos depende que ese día esté cerca o lo suficientemente lejos para que no te alteres de nuevo.

Vivian cruzó una mirada con Clodette cargada de palabras que no se decían en mitad del silencio. Una mirada que gritaba claramente: «La llegada de Arthur a la mansión mañana no presagia nada bueno».

Pero eso sería un problema para la joven Vivian del futuro. No deseaba pensar en ello en ese momento, sino sentir la euforia que había experimentado estando junto a Erik, porque, al fin y al cabo, su único amor de verdad era él.

Por la mañana, lo primero que hizo Vivian fue mirar por la ventana. El sol apenas había salido aún y los primeros rayos llenaban de luminosidad la ciudad; avanzaban lentos, pero con seguridad, como si fuesen lenguas de fuego que quisieran tragarla y arrasar con todo.

Antes de bajar, se aseguró de que su prometido no había llegado. No le causaba atracción alguna la simple idea de fechar la boda, porque lo hacía todo aún más real de lo que ya era; sin embargo, no servía de nada aplazar aquel momento, ya que, aunque no quisiera, debía seguir fingiendo plena alegría por la ceremonia frente a sus padres.

Cuando finalmente estaba segura de que no oía la voz del señor Clarke, reunió todo el valor del que disponía para bajar.

Arthur no llegó hasta bien entrado el mediodía.

—Bienvenido de nuevo, Arthur. Vivian te esperaba con impaciencia —lo invitó a pasar a la mansión la madre de la muchacha.

—Buenas tardes. Estaba deseando ver a mi prometida.

Lo dijo nada más verla: la cogió de la cintura y la acercó a él, depositando un beso sobre la mejilla.

Ella intentaba alejarse, incómoda, pero cada vez que se echaba hacia atrás, Arthur la sujetaba con más firmeza y no la dejaba ir.

—Impaciencia es lo que siento cuando pienso en que comiences a ser la señora Clarke —le susurró al oído—. Lucirás las más brillantes joyas del país y serás la mujer más admirada por todos.

Aquello le sonaba a Vivian más como una amenaza que como una promesa de amor. Ella no quería llevar los mejores abalorios, sino sentirse amada; y, para ello, ya tenía a Erik.

Arthur se pegó aún más a ella.

—Sentémonos y comencemos a hablar, si os parece; o, si por el contrario a Arthur le gustaría pasar un rato a solas con Vivian para ponerse de acuerdo entre ellos, podemos irnos al santuario, ¿verdad, Susanne? —añadió Thomas Ethelan, mirando a su mujer.

—Cierto, querido; vayámonos.

Cuando cerraron la puerta, dejándolos solos, un escalofrío recorrió a Vivian y empezó a tener miedo por lo que Arthur pudiera decirle aquella vez.

Cuando al fin no había nadie para escuchar su conversación, mudó su expresión correcta, educada y amena a una que ensombrecía su rostro y lo volvía más frío.

—Espero, por tu propio bien, que no hayas concebido otra de tus espléndidas ocurrencias: aventurarte hacia algún lugar en mitad de la noche. No he vuelto a tener nuevas, pero más te vale que no me tengan que volver a advertir —le señaló con el dedo, amenazante.

—Yo jamás salí corriendo cuando la luna reinaba el cielo. Mis padres siempre me dieron la mejor educación y bien sé yo que una dama jamás haría algo parecido —mintió Vivian con descaro, mas fingiendo de manera tan grandilocuente que hasta ella misma se habría creído su propia mentira.

—Solo confiaré en ti una vez. Espero que no me decepciones —siseó entre dientes.

Aquello hizo hervir la sangre de la muchacha. Ese hombre hablaba como si a ella le debiese importar lo más mínimo defraudarlo, pero, si realmente pensaba eso, no podía estar más equivocado. A Vivian le era completamente indiferente lo que él pensase acerca de ella; le resultaba irrelevante. Pero debía aparentar que aquella boda era esencial en su vida, así que debía tratarlo con el respeto del que el señor Clarke creía hacer gala.

De modo que puso su sonrisa más encantadora y su mirada más inocente.

—¡Oh, querido! Mis intenciones jamás fueron traicionar tu confianza. Quizá una joven similar a mí fue vista por alguno de los tuyos, pero puedo confirmar que la noche en la que fuiste avisado yo sufría un fuerte dolor de cabeza, como te comenté la vez pasada.

Él lo meditó unos segundos; hasta pareció estar de acuerdo.

—Está bien, quizá solo fue una coincidencia. Si es cierto que padecías un malestar, no creo que fueses corriendo por las calles de la ciudad. Además, eso ya está en el pasado; centrémonos en el ahora y en nuestra futura boda, ¿te parece?

Ella asintió, aparentando conformidad; mas, por dentro, celebraba haber engañado a Arthur lo suficiente como para hacer que se olvidase del tema y lo recondujese hacia la razón por la que había venido.

En ese momento, los señores de la casa volvieron a hacer acto de presencia.

—Y bien, ¿qué fecha os parece mejor? —preguntó Thomas, sentándose a la mesa junto a Susanne.

—Hemos hablado sobre ello detenidamente y hemos coincidido en que la mejor fecha sería el décimo día de diciembre. Ella me ha dado, de manera correcta, su punto de vista: es un día que se acerca al fin de año y simbolizaría en nosotros el cierre de nuestra soledad para dar paso al comienzo de una nueva etapa juntos en nuestra vida. Desde mi perspectiva, también es ese momento ideal, ya que mi familia tiene la tradición de unirse en matrimonio en los últimos meses del año.

Vivian quedó estupefacta. Si pensaba que había mentido bien, Arthur era, sin duda, el mejor actor que conocía. Lo había dicho todo con tanta normalidad y naturalidad que sus padres no dudaron ni un segundo en darle la razón, concretando finalmente la fecha.

No podía creer que se hubiese inventado todo aquello sobre la marcha, y cada vez desconfiaba más de él; pero, mientras sus falsas palabras encubriesen las sospechas que Arthur había mantenido sobre ella hasta aquel momento, no pondría objeciones.

Sabía que el señor Clarke quería aparentar una vida idílica y sin más preocupaciones que comprar los objetos más caros y alardear de ellos; pero no imaginaba que su obsesión por la perfección llegaba a tal punto que era capaz de mentir con ese descaro a otras personas de su misma clase.

Al fin y al cabo, los señores Ethelan y el señor Clarke eran bastante parecidos: siempre trataban de resaltar entre los demás y recordar todo el tiempo que disfrutaban al máximo de la cantidad de dinero de la que disponían, y solo la veían a ella como una de tantas formas de lucir sus ganancias monetarias.

En el almuerzo también se sentó Arthur a comer y hablar sobre los detalles para la boda y adónde podrían viajar después de esta. Aun con todo, no terminaron de pactar el destino.

11

Por la tarde, los señores de la casa se fueron de allí. Arthur Clarke había salido hacía horas ya, así que en la casa solo se hallaban varias sirvientas —entre ellas, Clodette— y Vivian, que estaban en el salón comentando toda la conversación que se había sucedido con Arthur.

—Como oyes, amiga mía, ¡escogió él solo el esperado momento!

Clodette hizo una mueca.

—Además de egocéntrico, embustero... ¡quién lo diría! Ya sabía que no me causaba ninguna buena impresión... —Sacudió la cabeza, negando—. ¿Sigues pensando en irte de aquí?

—Todos los días —afirmó Vivian.

—¿Encontrarías acaso un techo bajo el que dormir o alimento suficiente para abastecerte?

Vivian resopló, haciendo que varios tirabuzones de su pelo se movieran hacia arriba.

—Llegué a pensar en irme a vivir al circo junto a Erik, si te soy sincera, pero poco tardé en comprender que ese lugar no era para mí. Sería injusto para el señor Brumptone tener una boca más que alimentar y si para contribuir a las ganancias tuviera yo que actuar, no tardarían mis padres en encontrarme y sacarme de allí a rastras. Si aún no me he ido es porque no tengo lugar donde ser bienvenida.

—Tus padres moverán montañas para encontrarte si te vas —añadió su amiga.

—Lo sé, por eso sigo aquí.

Se tapó la cara con ambas manos, suspirando.

—Ojalá pudiese ayudarte.

A Clodette le afligía ver a su amiga tan agobiada, tan deprimida como los más adultos la hacían estar.

Deseaba con toda su alma poder prestarle algo de ayuda, pero, desgraciadamente, a ella tampoco se le ocurría lugar alguno para que su amiga se quedase, al menos por algunos días. En un principio había pensado en la casa de sus padres, pero sabía que ellos no dudarían en avisar a los señores Ethelan sobre la estancia de su hija en su hogar, más si ofrecían dinero a quien la encontrase.

Desafortunadamente, Vivian siempre estaría en medio de cantidades ingentes de dinero; y no significaba que aquello fuese malo, sino que tanto sus padres como su esposo daban más importancia a los bienes monetarios que poseían antes que a ella, y Vivian lo sabía con certeza.

—¿Y qué tal si anduvieras varios días sin descanso hasta llegar a algún pueblo lejano donde nadie supiera de tu existencia y te acogiera amablemente?

—Sí, claro —contestó amarga e irónicamente—. Y daría la casualidad de que no sería vista por nadie. Es evidente que alguien avisaría a mis padres y, además, vaya adonde vaya, sé que tienen contactos por todos los lugares; así que, de igual manera, me acabarían trayendo de nuevo.

La puerta sonó, interrumpiendo la conversación.

Una sirvienta que había por allí se acercó a la puerta.

—Ya voy yo, no te molestes.

Le sonrío amablemente e inclinó la cabeza.

Ella agradeció y siguió haciendo su labor.

Cuando se levantaron Clodette y Vivian para abrir y ver quién había golpeado, ambas se llevaron una cálida sorpresa.

—¡Erik! No esperaba verte aquí.

—Quería darte algo, Vivian. —Él reparó en Clodette, cambió de tema y se dirigió a ella—. Encantado de volver a verte, Clodette.

—Podría yo decir lo mismo: encantada.

Vivian se giró, feliz, hacia su amiga. Ella le devolvió la mirada con una sonrisa en los labios.

Vivian se percató en aquel momento de que Erik llevaba algo en la mano: un enorme ramo de rosas.

Él tartamudeó, con vergüenza:

—Deseo que te gusten estas flores —dijo, dándoselas—; me recordaban al color rosa de tus mejillas cuando te sonrojas.

Sintió calidez en el centro del pecho.

Ella le agradeció besándolo y acariciándole las mejillas. Los ojos de Erik brillaban y lucían más verdes que nunca.

Allí, tan juntos el uno del otro, Vivian fue consciente de que alguien podía pasar y verlo; además, estaban a la vista de las otras criadas.

—Venid a mi habitación, ¡vamos! Pero de manera silenciosa, os lo ruego. No me gustaría que alguien advirtiera a mis padres de esto.

Con cuidado de no ser observados, subieron las escaleras. Rezando para que nadie se cruzase en su camino, lograron llegar hasta dicho cuarto con sigilo.

Cuando cerró la puerta a sus espaldas, pudo respirar por fin tranquila. Erik y Clodette también habían contenido la respiración hasta ese momento.

—Poneos cómodos —invitó Vivian, tras poner el ramo en un jarrón que había sobre la mesa de su habitación.

Erik se sentó en el suelo, con las rodillas junto al pecho y la espalda apoyada en la pared. Las dos chicas adoptaron la misma postura. Vivian cerró los ojos.

—Erik, tengo que decirte algo...

El chico se tensó y Clodette apretó la mano de su amiga para infundirle fuerzas, porque ya se hacía una idea de lo que le iba a decir y ninguna de las dos imaginaba cómo iba a reaccionar.

—Me casaré el último mes del año —soltó de carrerilla y sin mirarlo a los ojos. Se estaba preparando para recibir sus gritos y reproches.

Aquella nueva información le cayó al varón como un jarro de agua fría. Estaba enterado de que, tarde o temprano, se uniría al fin en matrimonio con el hombre con el que bailó en la fiesta, pero sabía que ella no estaba de acuerdo con eso ni se sentía segura al lado de Arthur.

—Oh, Vivian, cuánto lo siento. Sé que eso no alegra tu corazón. Espero, desde lo más profundo de mí, que la boda se anule.

La miró apenado, pero, sobre todo, con comprensión en los ojos.

No se había esperado esa tranquila respuesta: no la había culpado ni responsabilizado de nada, y aquello la hizo sentir mucho mejor.

Comprendió que esa reacción era la que necesitaba cuando no estaba de acuerdo con sus padres.

—Yo también lo espero —coincidió.

—No deberías casarte con alguien que no amas —terció Clodette, con los puños apretados por la injusticia e impotencia que nacía en su interior.

—No debería casarme con alguien que no fuese Erik —concretó Vivian, mirándolo a él.

Una sonrisa brotó de los labios del chico.

—¿No podemos hacer algo que cambie la manera de pensar de tus padres?

—Ellos creen que el compromiso se basa únicamente en apellidos, fama y monedas, nada más. Así que no: definitivamente jamás cambiarán de opinión. Creen que Arthur es un buen partido para mí.

Erik y Clodette resoplaron a la vez. Ambos estaban al corriente de las sutiles amenazas que le había lanzado el señor Clarke a la chica. A ninguno de los dos le caía especialmente bien ese hombre.

—Yo también tengo algo que contaros —anunció Erik, y llenó a las amigas de expectación.

—¿De qué se trata? —preguntó Clodette.

—Mi padre nos ha reunido a todos los que trabajamos en el circo Brumptone para contarnos que nos iremos en cuanto entre el otoño; tal vez en un mes...

—Un mes... —Vivian meditó durante unos instantes—. ¿Tenemos alguna oportunidad de escapar de las garras del destino, que nos apresan con sus afiladas uñas?

—Difícil es hallar la mejor respuesta a tu pregunta, Vivian. —Clodette comenzó a juguetear distraídamente con sus manos, pensativa—. No se puede escapar del destino porque solo hay uno asignado para cada persona; pero sí se puede cambiar, al menos así lo pienso yo.

—Creo que no te sigo —indicó Erik con duda.

—Lo que quiero decir es que aún estáis a tiempo de cambiar vuestro futuro, chicos: de sustituir el destino que os han impuesto por uno en el que viváis felices.

—¿Cómo lo haremos?

—No me corresponde a mí solucionar ese problema ni daros las respuestas que buscáis.

Minutos pasaron en silencio, cada uno absorto en sus propias cavilaciones.

Vivian pensaba en la aproximación de su indeseada boda, la cual no tenía ni una pizca de ganas de que llegara. Erik, por su parte, no dejaba de darle vueltas al hecho de dejar pronto la ciudad. Aunque se salía de su ley personal, se había encariñado del lugar donde había creado tantos inigualables y maravillosos recuerdos —como el campo de las flores o la misma mansión Ethelan—; además, allí se había enamorado de la única chica a la que tenía prohibido acercarse lo más mínimo. Por último, Clodette encontraba en su interior un enorme remolino de sentimientos enmarañados que se enlazaban como una espesa tela de araña de la que era imposible salir: estaba muy feliz porque pronto estaría casada con la persona que más amaba, pero también sentía profunda pena por su amiga, que no corría la misma suerte y se sentía incapaz de ayudarla. Mas, solo con ver la sonrisa de su amiga cuando Erik estaba cerca, comprendía con claridad que él era el verdadero amor de su vida.

Todos se sobresaltaron al oír, de repente, fuertes golpes en la puerta. Se miraron entre sí asustados, petrificados y con los ojos enormemente abiertos.

—Mis padres —articuló Vivian susurrando. Aunque había sonado como una pregunta, era más una afirmación—. No hemos oído sus voces cruzando el jardín.

Se sintió bastante necia porque había estado tan estancada en su misma mente que no había oído nada de lo que ocurría a su alrededor.

Escuchó la puerta de la entrada abrirse con un chirrido y, acto seguido, la voz de su madre saludando a la sirvienta.

—¡Están aquí, Erik! Tienes que irte, te van a descubrir.

Los tres se pusieron en pie de un salto. Vivian no dejaba de dar vueltas en círculo con las manos en la cabeza, tirando de su pelo, temblorosa.

—Sal por la ventana, ¡deprisa! —ordenó Clodette, que parecía ser en la que menos cundía el pánico.

Erik se asomó.

—No puedo, el señor Ethelan no ha entrado. Está ahí, en el jardín —lo señaló, preso de la angustia.

El silencio se volvió a hacer mientras escuchaban el sonido de los pasos de la señora Ethelan cada vez más cerca.

Erik, con rápidos reflejos, o por instinto quizás, se escondió bajo la cama.

Le pareció surrealista que estuviese de nuevo agazapado debajo del lecho de la misma mansión, recordando el momento donde casi fue descubierto hurgando entre los cajones de los muebles. Las cosas habían cambiado mucho, y la situación también.

Vivian y Clodette se sentaron en la cama, fingiendo total normalidad —o al menos la mayor de las dos, porque la rubia estaba sudando la gota fría— una conversación sobre el tiempo.

Erik no podía creer que no se les hubiese ocurrido un tema mejor con el que disimular.

La mujer llamó antes de entrar, pero no esperó a que su hija le indicase que pasara para abrir la puerta.

—Ya hemos llegado, querida, ¿qué tal la tarde?

—Bien, madre. Pensé que tardaríais más.

Vivian sonreía visiblemente tensa, pero trataba de disimular sus nervios lo mejor que sabía.

—Solo estaba paseando junto a tu padre —dijo, y añadió dirigiéndose hacia la criada—. Clodette, no te pago para que charles con mi hija, ponte a hacer algunas de las labores del hogar —le ordenó con desprecio.

—Perdone, señora, tiene razón, me pondré ahora mismo con mis quehaceres.

Clodette inclinó la cabeza a modo de disculpa y salió de la habitación a paso ligero. Vivian sintió lástima por su amiga y por el modo en que su madre la había tratado.

Ella paseó la vista por la habitación, sospechando de la inusual actitud de su hija.

—No había visto esas flores esta mañana —entrecerró los ojos, señalándolas.

—Llevan varios días colocadas en ese mismo lugar, madre —mintió Vivian.

—No es cierto, esta mañana estuve aquí mientras dormías, cogiendo un vestido tuyo del armario, y no había rosas en tu habitación.

A Vivian se le encogió el estómago.

—Las recogí el otro día —terció ella.

—Mientes, insisto en que esta mañana no se hallaban en ese lugar. ¿Quién te las ha traído?

La señora Ethelan había adoptado una figura ofensiva.

Había colocado sus manos sobre su cintura, elevado el tono de voz y sus labios se habían transformado en una fina línea debido a la tirantez.

—¿Quién te ha traído un ramo de flores, Vivian? —repitió.

—Nadie, madre.

Agachó la cabeza y hundió la mirada entre sus dedos.

Ella tiró del brazo de su hija y la obligó a ponerse en pie, la zarandeó varias veces.

—¡Vil mentirosa! ¿Cómo osas intentar engañar a tu madre? Si al menos hubiese sido Arthur, no te habría dicho nada, pero él jamás ha traído algo semejante para ti.

—¡Madre, basta, suéltame, te lo suplico! —gritó Vivian.

Cuando soltó a su hija, ella corrió hasta el otro extremo del cuarto, se tapaba la cara con las manos, como si eso la fuera a proteger de todo lo malo que pudiese sucederle a manos de Susanne.

Erik, que podía ver parte de lo que ocurría desde abajo, puesto que no podía verlo todo debido a su posición, se sintió impotente por la actitud inocente, indefensa y desprotegida de Vivian, y de cómo la trataban en su propia casa.

Al fin comprendió el anhelo y las ansias que tenía ella de libertad, hasta un preso recibía mejores tratos en algunas de las ciudades en las que él había estado.

Cuando su madre se acercó a ella con una mano levantada para golpearla, Erik reaccionó automáticamente, saliendo rápidamente de su escondite y colocándose entre Vivian y Susanne.

—Ni se le ocurra ponerle una mano encima a su hija, ¿me oye?

Era la primera vez que le hablaba así a una señora, y más teniendo en cuenta que ella pertenecía a una clase social mucho más elevada que él.

Percibió un atisbo de reconocimiento en sus ojos.

—Me pregunto cómo no se me había ocurrido antes. ¡Era tan obvio que tú estuvieses detrás de todo esto! —dijo haciendo una mueca—. Tendríamos que haber sido más duros con ella en cuanto al castigo que recibió por ser vista contigo.

No podía haber dicho la última palabra con más desprecio, como si el joven fuese un ser detestable y repulsivo.

Erik se acercó a la señora Ethelan y alzó la cara, haciendo que ella retrocediese unos pasos hacia atrás.

—No le va a hacer daño a Vivian de nuevo, se lo aseguro.

—¿Acaso posees el valor suficiente para amenazarme? Tan solo eres un inmundo desecho de la sociedad que se quiere aprovechar de mi hija.

Vivian avanzó hasta colocarse al lado de Erik y coger su brazo.

—Me quiere —terció—. Y me ha demostrado más amor en este tiempo que vosotros en toda mi vida, así que no le vuelvas a dirigir la palabra de ese modo, ni de ningún otro, ¿entendido, madre?

Ella miró a su hija tal y como lo había hecho momentos antes a Erik: con impresionante menosprecio.

—Thomas, ¡sube a la habitación de tu hija! Te espera una muy agradable sorpresa —dijo con ironía, alzando la vista al techo.

El señor Ethelan, que hacía rato había entrado, hizo acto de presencia en la estancia segundos después y entendió al instante lo que sucedía al ver a su mujer echando fuego por los ojos, a su hija agarrada del brazo de un joven y al mismo chico al que había pegado en la celebración.

—Tú —dijo señalándolo— no has hecho más que causar problemas desde que has aparecido. ¡Apártate del lado de mi hija ahora mismo!

Su cara estaba a centímetros de la de Erik, que no se había movido del lugar, confrontándolo con la mirada. Luego se dirigió a Vivian.

—Pensé que te había educado mejor, que después de la vez anterior no volverías a ver a este sinvergüenza, pero al fin he tenido la desgracia de comprobar que tú eres aún peor. No eres una Ethelan, eres la desdicha de la familia. Una mujer de la mala vida, eso es lo que eres, lo que has sido y lo que serás siempre.

A ella ya comenzaba a temblarle el labio inferior, las piernas y a notar seca la garganta, no a causa de la tristeza, sino del pavor. Sabía con certeza que su padre se estaba haciendo con todo su autocontrol para no matar a Erik allí mismo con sus propias manos, jamás lo había visto tan enfadado y por eso mismo estaba tan asustada, porque su padre tendía a gritar cuando había ira en su interior, pero ahora estaba hablando en un tono de voz bajo y cada vez que respiraba, lo hacía con pesadez.

Cerró los ojos fuertemente y señaló la puerta.

—Vete —ordenó escuetamente a Erik.

Vivian deseó que hiciese caso a sus órdenes si sabía lo que le convenía mejor para su salud física, y porque nadie, jamás, se había atrevido a ignorar los mandatos del señor Ethelan, hasta ahora.

—Vete ya y no se te ocurra volver jamás —repitió.

Erik se negó, a sabiendas de lo que le podía ocurrir a Vivian si la dejaba a solas con aquellos desquiciados que les había tocado como padres.

El hombre, en vista de la respuesta del chico, hizo algo de lo que Vivian se acordaría hasta el fin de sus días.

Todo parecía a cámara lenta cuando lo cogió de la camisa y lo levantó del suelo, a pesar de los gritos de su hija, y lo soltó cuando llegó a la ventana, dejándolo caer hacia abajo desde un segundo piso.

—¡Erik! ¡Erik, no! —Se giró hacia su padre—. ¡¿Qué has hecho?! ¡Has perdido la cordura!

Ella corrió hacia la ventana para asegurarse de que Erik no había llegado a caer de verdad, y pudo respirar un poco más tranquila cuando vio que había conseguido colgarse de un ladrillo más salido que el resto, como había hecho por las noches en las que trepaba hasta su habitación.

Pudo observar, antes de que su madre la alejara de la ventana, que Erik había posado ya los dos pies en el suelo y que seguía manteniéndose sano y salvo.

Lo último que vio antes de caer inconsciente fue el puño de su padre estrellándose contra su pómulo.

12

—¡Vivian! —Una voz la llamaba desde lo más profundo de la oscuridad en la que estaba sumida, parecía querer traerla en sí desde otro lado de un puente tapado por la niebla—. ¡Despierta, te lo suplico!

La voz se iba haciendo más nítida cada vez.

Vivian abrió lentamente los ojos. A su lado, Clodette la llamaba.

—¿Clodette? ¿Qué ha sucedido?

Su amiga sonrió al fin, con esperanza, y cogió entre sus manos la cara de Vivian.

—¡Oh, querida, finalmente abres los ojos! He estado tratando de despertarte desde hace un largo rato, pero no lo he logrado hasta ahora.

—No entiendo nada —fue lo único capaz de contestar en aquellos instantes.

Tenía un fuerte dolor de cabeza que le punzaba constantemente y no veía aún con claridad.

—En un momento dado te desmayaste, creo que antes de que eso sucediese, alguien te golpeó, pero he estado inspeccionando el lugar donde te hiciste daño y esa no fue la única razón por la que perdiste la consciencia. Probablemente también fuese por todos los sentimientos acumulados en tan poco tiempo.

—¿Cómo está Erik?

Su amiga la miró con comprensión en los ojos.

—Ay, mi adorada Vivian, te dan la noticia de que has desfallecido hace horas y solo piensas en el estado de ese muchacho. Erik está bien, pudo escapar.

—¿Qué quieres decir? —preguntó Vivian alarmada.

Se incorporó con rapidez y un pinchazo de dolor más fuerte que los demás atizó bruscamente su cabeza, provocándole una mueca.

—¡Cuidado! No puedes hacer movimientos repentinos ahora, te vendrá bien reposar.

Vivian se puso en pie, ignorando los consejos de su amiga.

—¿De qué tuvo que escapar, Clodette?

—De qué no, de quiénes —aclaró ella—. En cuanto tus padres salieron de tu habitación, se dirigieron a la suya, pero antes de que eso sucediese, mandaron a las criadas a atrapar al joven. Por suerte para él, cuando salieron al jardín para cazarlo, ya había desaparecido.

Vivian suspiró, con una mezcla de alivio y de ansiedad, por muy contradictorio que pareciese.

—¿Qué va a pasar a partir de ahora? Quizá no lo vuelva a ver, quizás mis padres no me reconozcan como su hija a partir de ahora. Con un poco de fortuna, tal vez Arthur se niegue a contraer matrimonio conmigo.

Intentó ver el lado positivo de la situación.

—Lo dudo, Vivian. No lo creo.

—¿Por qué no? Si bien saben mis padres que he estado con Erik todo este tiempo, cuando se lo cuenten a Arthur quizás no quiera volver a verme.

—No olvides que a él no le interesas lo más mínimo, solo quiere vestirte y lucirte como otra más de sus pertenencias.

—Tienes razón —reconoció Vivian suspirando, tan exhausta como si hubiese corrido kilómetros sin cesar.

Los siguientes días, los señores Ethelan no le quitaban la vista de encima a su hija, le prohibían estar únicamente ella en su habitación, así que siempre estaba Clodette con ella o cualquier otra criada. Tampoco dormía sola, sino que compartía cama con su madre. Por supuesto, tampoco le estaba permitido salir a la calle.

Su padre apenas le dirigía la palabra; si antes su relación era fría a causa de su comportamiento tras la celebración, ahora era tan helada como un témpano de hielo. Tan solo habían mantenido una conversación acerca de la boda, la cual seguía adelante porque aún no le habían dicho nada a Arthur sobre lo ocurrido. Mas en esa conversación solo hablaba Susanne Ethelan y Vivian, una única pregunta había respondido el padre y con un escueto «no lo sé».

Si antes esa casa parecía una jaula contra la más joven del hogar, ahora sin duda era peor debido a las restricciones impuestas. La carga del encierro le pesaba a Vivian en el corazón como una losa.

A su madre tampoco le pasaba desapercibido cómo su hija se marchitaba a cada día que pasaba.

Iba perdiendo el color en el rostro, ya nunca sonreía, apenas comía y siempre evitaba el trato con ellos. Odiaba desde lo más profundo de su ser ver a su hija perder la felicidad, pero sabía con certeza, o al menos así lo pensaba ella, que en cuanto estuviese casada con el señor Clarke vería las cosas de otra manera. Solo debía ser paciente unos meses más.

A la mañana del sexto día de encierro, Clodette entró a la habitación de Vivian en cuanto salió Susanne.

—Debes convencer a tus padres, aunque lo consigas con esmero, para que te dejen salir de la mansión esta tarde. Es esencial, Vivian. Erik necesita hablar contigo.

Su estómago se encogió cuando oyó su nombre y asintió.

—No me van a dar siquiera el escaso placer de salir y pisar el exterior de nuevo, Clodette —Vivian había tardado en asimilarlo—. Pero puedo intentarlo diciéndoles que me dirigiré hacia la biblioteca.

—Iré contigo cuando los convenzas. Por desgracia, tus padres confían más en mí que en su propia hija, así que si yo estoy presente, tu engaño resultará más verosímil.

—De acuerdo —concordó Vivian.

Y eso hicieron. A la hora de la comida, Clodette se sentó a la mesa con ellos, ante las caras de asombro de los Ethelan, pues nunca solía hacer aquello.

—Padres, hoy me gustaría visitar la biblioteca. Pasar el rato rodeada entre libros y sumergirme en una entretenida lectura —anunció con tono educado, pero sin perder la seriedad.

Antes de que su madre hiciera el amago de negarlo, Clodette intervino:

—Evidentemente, su hija iría bajo mi vigilancia, supervisando que todo se encuentre en orden y no se salga de lo estrictamente necesario. Es de buen saber que una dama de su clase necesita cultura. De este modo, a mí no supone ningún problema acompañarla.

Thomas y Susanne contemplaron a la criada y después posaron los ojos el uno en el otro, interrogándose con la mirada.

El hombre asintió y finalmente, la señora Ethelan puso ese gesto en palabras:

—Supervisa que no salga de la biblioteca y que no le dirija la palabra a nadie, ¿entendido, Clodette?

—Por supuesto, señora Ethelan, déjelo en mis manos.

Sonrió con cordialidad, asimilándose a la mujer más responsable que Vivian había visto jamás.

Cuando terminaron de comer, Clodette lavó los platos mientras Vivian se acicalaba y mejoraba su aspecto. Días sin salir de casa y sin apenas hablar le estaban pasando factura, sin duda alguna.

La tarde llegó más rápido de lo que esperaban y cuando Vivian salió de su habitación, acompañada de su madre como en los días anteriores, Clodette ya la estaba esperando en el jardín.

—No se preocupe, señora Ethelan. Puede depositar su confianza en mí, iremos estrictamente a la biblioteca y después volveremos aquí. No sucederá ningún imprevisto, puede estar segura de ello, y en caso de que sucediera, estará advertida en el momento.

Prometió Clodette al ver la cara de preocupación de la mujer.

—Te lo agradezco profundamente, Clodette, no sé qué sería de mi hija sin ti.

La mujer estaba de acuerdo, al menos en parte, con que su hija saliera. Había visto cómo enmudecía con los días y se tranquilizaba a sí misma pensando en que la salida la ayudaría y que no ocurriría nada fuera de lugar mientras Clodette estuviese con ella.

Vivian, por su parte, no pudo estar más de acuerdo con lo que su madre acababa de decir: si no fuese por Clodette, no sabría qué sería de ella, y sin duda alguna, no estaba dispuesta a averiguarlo, porque su amiga y Erik habían sido dos pilares fundamentales en el último tiempo.

Cuando dejaron atrás el jardín y se cercioraron de que Susanne no las veía ya ni las oía, Clodette miró a la joven:

—Tienes que ir a vuestro sitio.

Sin añadir más explicación que esa, ya sabía Vivian que se refería al campo de las flores.

—¿Cómo sabes que estará ahí?

—Hace dos días fui al circo a explicarle la situación a Erik. Se hallaba realmente desesperado por saber algo de ti, porque no pudo quedarse a defenderte de tus padres y pareció algo más relajado cuando le aseguré que te encontrabas bien —Clodette hizo una mueca— o todo lo bien que te puedes encontrar cuando no estás a solas contigo misma ni un mísero segundo. Me contó que te había buscado por todas partes con la esperanza de que hubiese salido de la mansión al fin, también me pidió que te guiara hasta vuestro sitio, me dijo que te dijese esas palabras, que tú las entenderías.

—Ay, querida amiga, cuánto te debo...

Clodette negó con la cabeza.

—Nada, tu amistad es el precio.

Emprendieron el camino hacia aquel sitio y cuando ya cruzaban el suelo de cristales, a Vivian le martilleaba el corazón en el pecho como un tambor, incluso dudó sobre si Clodette podía oír sus fuertes latidos.

Lo primero que vio al llegar fue al varón pelirrojo esperando su llegada.

—Vivian, te busqué con esperanza en cada susurro del viento, en cada sombra y en cada gota de lluvia. Revélame, te lo suplico, que no volverán a separarnos y que jamás tendré que volver a soltar tu mano, porque un dolor desgarrador me sumirá entonces en la penumbra de la noche —dijo nada más verla.

—No puedo prometer nada, Erik, porque vivo ahora entre cuatro paredes.

—Vente a vivir conmigo entonces —le rogó, con mirada suplicante.

—Mis padres no tardarían en venir a por mí y traerme de nuevo a la mansión, eso solo complicaría aún más la situación.

—Entiendo... —asintió apesadumbrado, comprendiendo la verdad que se escondía tras sus palabras.

—Vivian, ha llegado el momento que con tanta ansia esperabas, solo hay una manera y estoy segura de que ambos sabéis cuál es —intervino Clodette.

—¿Esta noche? —preguntó la joven.

—Esta noche —afirmó el varón.

—Pero mi madre se enterará ahora que duerme conmigo —meditó Vivian y Clodette rio.

—Deja eso en mis manos, querida. Te aseguro que esta noche Susanne dormirá con Thomas.

Vivian sonrió segura, confiaba en su amiga y sabía que cientos de planes eran ya maquinados por su cabeza.

También notó que era la primera vez que la chica llamaba por sus nombres a los padres de Vivian y no «señores».

Sabía que ya no había vuelta atrás, que el día había llegado y estaba impaciente porque la noche arrasara con la luz del día.

13

Siguiendo el plan que habían trazado con cuidado y cautela, Vivian y Clodette volvieron a su casa cuando el atardecer teñía el cielo con colores cálidos.

La mayor de las amigas observó que la otra estaba ahora mucho más animada que antes, no podía parar de sonreír y había vuelto el brillo en ella que durante tantos días había estado ausente. Adoraba el efecto que tenía Erik en ella y viceversa, porque no había comparación entre el varón al que había ido a tranquilizar al circo y el que había estrechado entre sus brazos a Vivian.

Cuando llegaron al umbral, la esperaban los señores Ethelan junto a Arthur Clarke.

—¿Cómo ha ido todo, Clodette? Los tres estaban cruzados de brazos y serios.

—Un buen rato hemos pasado entre libros, en verdad.

Le regaló su sonrisa más sincera.

—Me alegro.

Pero todo en su expresión y en su forma de hablar denotaba lo contrario.

Clodette inclinó la cabeza y subió por las escaleras tras girarse a añadir:

—Iré a limpiar el cuarto de su hija —se despidió.

Bien, empezaba el plan.

Arthur habló por primera vez desde que habían llegado:

—He sido advertido por tus padres de lo que has estado haciendo. ¡Es indigno de una joven dama de tu clase! —gritó, escupiendo furia con cada una de sus palabras.

Vivian seguía con la misma expresión neutral, dentro de unas horas, todo lo que aquel hombre le estaba diciendo daría exactamente igual.

—Debería darte vergüenza, eres una sucia embustera. ¡Yo siempre creí en ti!

A punto estuvo Vivian de contestarle que a ella le era insignificante haberlo traicionado o sus mismos sentimientos.

Arthur Clarke siguió hablando:

—Podría hacerte la más feliz, Vivian —dijo agarrándole los hombros—. La boda sigue adelante y cuando seas mi esposa me ocuparé de que estés tan sucia que ningún otro te mirará.

Sus padres miraban al hombre sin inmutarse siquiera.

Arthur había caído en la locura, Vivian lo veía en sus ojos.

Estaba tan perdido en querer aparentar que le había hecho acabar con la escasa cordura que poseía el pensar lo que la gente diría de él si se enterasen de la situación.

Antes de que fuera a más, Thomas agarró al hombre del brazo y tiró de él separándolo de su hija.

Vivian agradeció volver a tener espacio personal para ella sola.

—Arthur, creo que será mejor que te vayas.

Él asintió y salió de la casa dando un portazo.

Sus padres fijaron en ella la mirada.

—Que no se vuelva a repetir —le dijo su padre por primera vez en todos aquellos días, rompiendo el silencio que había mantenido.

Acto seguido, hizo el amago de irse antes de que un grito alarmara a todos los presentes en la mansión.

A Vivian se le escapó una sutil sonrisa antes de que pudiese reprimirla.

Los gritos provenían de la habitación de arriba, de la suya concretamente.

—¡Señores, señores! —Clodette corrió alarmada y con cara de pavor hacia donde estaban Thomas y su mujer.— En la habitación de su hija... —gritó presa del pánico, señalando hacia arriba de las escaleras.

—¿Qué ocurre, Clodette? —animó Thomas a que hablara, aunque estaba visiblemente preocupado.

—¡Ratas! ¡Decenas de ellas habitan allí!

Clodette fingía temblor.

—¿Ratas? —repitió Susanne alarmada.

Ella asintió.

—No duerma ahí esta noche, se lo recomiendo por el bien de su salud —le aconsejó, mas bien sabía que no hacía falta advertirle porque era sabedora de que el mayor miedo de la señora Ethelan eran esos animales—. ¡Había tantas!

Siguió con su pantomima.

Ella se sobresaltó, asustada.

— Thomas, cariño, esta noche vuelvo a mi cama.

—¿Y dónde dormirá Vivian? —preguntó el hombre.

Ella sacudió la mano, restándole importancia.

—Donde siempre, es su habitación y ahí pasará la noche, seguro que no tiene ningún problema en quedarse sola tras tanto tiempo.

—Pero las ratas... —comenzó a quejarse Thomas.

—No importa, padre. No me dan miedo las ratas.

Terció la joven, mirando a Susanne.

El hombre lo sopesó unos instantes para finalmente encoger los hombros y asentir.

—Clodette, encárgate de deshacerte de esos animales en cuanto puedas.

Por la noche, Thomas le volvió a preguntar si estaba segura de querer dormir allí, y ella respondió que, sin duda alguna, le venía bien algo de privacidad al fin, y que en ningún sitio estaría mejor que en su habitación.

Su padre, que no se fiaba lo más mínimo de ella, le advirtió:

—Espero que no intentes ninguna de tus tantas absurdeces o las consecuencias que tus actos conllevarán, serán recordadas por ti para el resto de tu vida.

La amenaza le hizo tragar saliva a Vivian.

—Claro, padre. Descuida.

Por fin pudo quedarse tumbada en su cama, esperando pacientemente a que llegase la segunda fase del plan.

Estaba emocionada porque la primera había salido a la perfección; de no ser por los extensos conocimientos de Clodette acerca de los señores de la casa, no habría sido posible.

A Vivian le pareció de lo más inusual que la sirvienta supiera más de sus padres que ella misma.

Ahora debía esperar a que Erik fuese a recogerla: debía ser una huida silenciosa, sin que nadie se enterase.

Aún estaba alucinada por la emoción y los nervios que le producía saber que el momento de la esperada libertad que había anhelado durante años llegaba al fin. Aún no tenía un techo bajo el que vivir, pero la única meta ahora era salir de allí sin ser vistos; de lo que llegara después se preocuparía luego.

Erik llegaría a las once en punto; ya solo quedaban minutos para ello.

Clodette estaba hecha un manojo de nervios: no solo iba su amiga a escapar de allí, sino que el plan había sido creado por ella. Si no salía bien y descubrían quién había sido la cabeza del grupo, la echarían de la mansión sin miramientos.

Cuando la hora hubo llegado, ella entró con sigilo en la habitación de Vivian, que se hallaba sentada en la cama mirando la manecilla del reloj pasar los segundos.

Unos sutiles toques en la ventana las alarmaron, sobresaltándolas.

Se miraron entre sí y giraron la vista hacia el lugar golpeado; abrieron la ventana y dejaron a Erik pasar.

—¿Sospechan u oyeron algo? —preguntó nada más pisar el suelo de la habitación.

—No; o al menos eso espero.

Debían marcharse ya, pero no quería dejar a Clodette atrás.

—¿Vendrás con nosotros? —preguntó Vivian, deseando que su respuesta fuese afirmativa.

—No. Vuestra historia no me pertenece; mi lugar está aquí. —Sonrió.

Vivian lo entendió: aquel era su trabajo, ella tenía una familia donde era querida y un prometido que la amaba.

—Clodette, te echaré de menos. Sin ti nada de esto hubiese sido posible.

Los ojos de Vivian se anegaron en lágrimas.

—Ven con nosotros, por favor —le rogó—. Vamos, coge mi mano —le pidió, tendiéndosela.

Clodette abrazó a su amiga, con lágrimas con sabor a despedida surcando sus mejillas.

—Te quiero tanto, amiga mía.

—Y yo a ti. Nunca te olvidaré.

Un cercano ruido hizo que se separaran rápidamente para oír con más atención.

—Los pasos de mi padre —susurró, petrificada.

—Venga, rápido, salgamos de aquí —dijo Erik.

Ella asintió, apesadumbrada, sin saber si volvería a ver a Clodette algún día. Le hubiese gustado que la despedida durase más y no hubiese sido tan fugaz, pero la situación requería la más extremada cautela y no podían perder un tiempo del que no disponían.

Estaba ya en la repisa de la ventana cuando la puerta se abrió con brusquedad.

No hacían falta palabras para saber que Thomas los había oído hablar.

Erik tiró de ella para que comenzase a descender por la pared.

Su padre la miró a los ojos un solo segundo antes de que desapareciese de su vista; en su mirada pudo ver el odio en su máximo esplendor, quizá aún más. Tal vez esa palabra se quedaba corta para lo que había notado ella en los ojos de Thomas, que estaba rojo de rabia.

—¡Vivian! —Su grito fue tan desgarrador que hizo temblar hasta las paredes de la mansión.

Ya todos los que habitaban en aquel lugar sabían que algo estaba sucediendo: alguien que no llegó a distinguir abrió la puerta de entrada. Tan solo echó un vistazo por encima del hombro antes de salir del jardín.

Echaron a correr a tanta velocidad como les era posible a sus piernas.

Aceleraron aún más, si era posible, cuando escucharon los pasos de los señores Ethelan detrás, aún a metros de distancia.

Algunas personas se asomaban por las ventanas para ver qué era lo que causaba aquel estruendoso jaleo.

Giraron una esquina y se metieron en una callejuela estrecha.

—¡Hemos entrado en un callejón sin salida, Erik! —gritó Vivian, alarmada y con el corazón martilleando su pecho.

—Silencio. —Con una mano le tapó la boca y con la otra la acercó a su pecho.

Desde las más oscuras sombras de la calle vieron a Thomas y Susanne pasar de largo sin percatarse de su presencia.

Él exhaló con alivio.

Erik soltó a Vivian, permitiéndole recobrar el aliento tras asimilar que les habían perdido la pista.

Entre ellos y el muro que cerraba el paso a la calle había una montaña de basura apilada. El chico cerró los ojos, meditando sus siguientes pasos.

—Tenemos que saltar la basura; es la única manera de salir de aquí sin ser vistos —comprendió.

—Está bien —coincidió Vivian—. No obstante, tú avanzarás en primer lugar, pues poca agilidad tengo yo para estas situaciones.

Erik pisó con cuidado y trepó lo que pudo. Desde arriba le tendió la mano a Vivian para que ella pudiese impulsarse y subir con mayor facilidad.

Ella se manchó el vestido y la cara por los residuos que había, mas no parecía molestarle lo más mínimo; tal vez ni siquiera se hubiera dado cuenta aún.

Después, el joven visualizó lo que había tras el muro: una calle más ancha que la que acababan de cruzar.

Vivian se sentó en la parte más alta y delgada del muro, balanceando las piernas que le colgaban en el aire.

Cuando el chico se atrevió a bajar, se acuclilló en el suelo.

—Lánzate a mis brazos —la animó—. Te cogeré. ¿Confías en mí?

—Siempre. —No le hizo falta pensar ni un segundo antes de regalarle la respuesta a Erik y arrebatarle una de sus sonrisas.

Ella recordó la vez que tuvo que saltar desde la mitad de la pared de su casa hasta sus brazos; en aquel caso, la distancia era aún mayor y la posibilidad de dañarse también, pero estaba completamente segura de que él nunca la dejaría caer.

Vivian se arrojó para descender en picado la cantidad de metros de altura que tenía la pared.

Cerró los ojos, para evitar pensar qué ocurriría si no fuese cogida, si se estrellase contra el suelo; pero Erik la atrapó antes de que pudiera tocar el pavimento siquiera.

Ella lo miró, acariciándole el pómulo: apenas un leve roce.

—Sabía que no me dejarías caer —dijo, besando su mejilla.

Erik se estremeció bajo el contacto de sus labios.

—Jamás haría algo que te hiciese daño —le contestó, soltando a la joven y cogiéndole la mano para que corriesen de nuevo a la par.

Salieron de aquella calle y se metieron en otra, a tal velocidad que Vivian no podía creer que fuese capaz de alcanzarla, hasta que chocaron con algo —o alguien, tal vez— que le hizo retroceder varios pasos, perder el equilibrio y caer.

Erik había corrido la misma suerte.

—Es ella, policía, ¡ella es mi hija!

El cuerpo de seguridad la levantó de un tirón.

—¿Cómo se encuentra, joven? ¿Ha sido raptada o forzada a irse? ¿Le han hecho heridas, acaso? —le preguntó, al mismo tiempo que la soltaba.

Vivian pensó en el poquísimo tiempo que habían tardado sus padres en meter a la policía en todo aquel asunto. Con alta probabilidad, habrían denunciado su secuestro o algo similar; quizá habrían pagado la suficiente cantidad de dinero para que la fuesen a buscar enseguida.

Vivian negó y, dando unos pasos atrás, contestó:

—Me he ido por mi voluntad, agente, y no pienso volver jamás.

El policía la observó, confuso, tratando de asimilar el significado de sus palabras.

Vivian contempló a sus padres, que se hallaban boquiabiertos detrás del hombre de uniforme.

Erik la oyó declarar que, en ese caso, el policía no tenía nada más que hacer y, acto seguido, Vivian y él volvieron a escapar antes de que Susanne y Thomas reaccionaran siquiera.

14

Cuando supieron con certeza que nadie los había seguido, se escondieron en un recoveco que había entre la biblioteca a la que había ido Vivian en más de una ocasión y varias carretas que había en la calle, que disimulaban, junto a la oscuridad nocturna, su presencia en aquel lugar.

—¿Tenemos sitio al que ir?

Vivian negó.

—No, pero poseo el recuerdo de tener mi propio dinero guardado en la mansión. Quizá, si lo recuperamos, no pasaremos hambre en el futuro.

Erik la observó como si hubiese perdido totalmente la cordura.

—¿Quieres volver a la mansión Ethelan?

—Tan solo a por las monedas. Tras obtenerlas, nos iremos como si nunca hubiésemos llegado. —Al ver que el joven dudaba, añadió—: No hay nadie en esa casa; mis padres están buscándonos por las calles de la ciudad y las sirvientas, igual. La única persona que habrá es...

—¡Clodette! —exclamó Erik, comprendiendo—. Está bien, vamos: recogemos tu fortuna propia y luego nos marcharemos al fin de esta ciudad y viviremos la vida que ambos anhelamos, juntos.

Vivian sonrió y lo besó, apenas una leve caricia, pero cargada de sentimientos.

—En efecto, Erik. Vamos a conseguir la vida que nos merecemos.

Anduvieron por las calles, con cuidado de no ser vistos. Como si de un milagro se tratase, no se cruzaron, de camino a la mansión, con nadie que conociesen.

Cuando llegaron y cruzaron el jardín, suspiraron aliviados.

—¿Dónde está lo que tratas de coger, querida?

—En el sótano. Solo hay que bajar unas escaleras para llegar a él.

Lo guio a través de la casa hasta dar con las que ella le había indicado.

—Todo está muy oscuro; la negrura nos cegará la visión. —Erik cogió un candelabro, prendió fuego a las velas para poder ver algo allí abajo y se lo pasó a Vivian.

Ella iba delante, decidida pero con cautela para no tropezar con los baúles y los objetos que apenas se usaban ya en aquella casa, pero que se habían ido guardando hasta coger polvo desde hacía incontables años. Sus padres le habían comentado en más de una ocasión que si buscaba bien, podía hallar antiguas pertenencias de sus bisabuelos, incluso.

Caminaron por el sótano con la única y escasa visión que la luz del candelabro les ofrecía, hasta encontrar lo que estaban buscando.

—¡Aquí está! —exclamó Vivian, cogiendo un pequeño saco de cuero.

Lo sacudió, haciendo oír el tintineo de las monedas chocando unas con otras.

—¡Excelente! —apremió Erik.

—¿Hay alguien ahí? —Una voz femenina habló desde la silueta entrecortada que formaba el contraste de la luz de fuera y la negrura de dentro del sótano.

—¡Clodette, amiga mía! ¿Eres tú? —dijo Vivian, volviendo a subir.

—Vivian, ¿qué estás haciendo aquí de nuevo? —preguntó la sirvienta con gran desconcierto.

—Tan solo vine a por mi dinero ahora que mis padres no están en casa. Ya nos íbamos. Intentamos, con tremendo esfuerzo, no toparnos con nadie.

Se dirigían a la puerta de entrada, acompañados por Clodette, cuando unas voces se oyeron cada vez con más fuerza desde fuera.

—No volveremos a verla, ¿cierto? —era la voz de su madre, que sonaba profundamente apesadumbrada.

—No le convendría, sin duda, porque, si la volviese a ver, le haría pagar por todo lo que está provocando. Veo en tus ojos el dolor de su marcha, Susanne; no merecemos esto —le dijo a su mujer, y añadió—: Además, ¿qué pensarán ahora los demás cuando nos vean? ¿Qué hablarán las malas lenguas? Me apuesto lo que sea a que esto se sabrá mañana en toda la ciudad. ¡Hasta las ancianas conversarán acerca de esto! —contestó la voz de su padre.

Erik, Vivian y Clodette se miraron entre sí y, antes de que los señores de la casa llegasen a entrar, ellos ya habían salido, fugaces como el rayo, al patio de la mansión.

—Alabado sea este lugar; hermosas son las plantas que, con sus largas ramas, abrazan las paredes y no las sueltan —admiró Erik, maravillado.

—No creo que sea un buen momento para admirar las flores, Erik —dijo Clodette, antes de ir a recibir a los señores como si no estuviese enterada de nada acerca de lo sucedido, dejando a los dos enamorados solos.

—No podemos salir de aquí hasta que mis padres salgan de casa otra vez o se acuesten a dormir.

—Este lugar no da a las calles de la ciudad, ¿cierto? No hay salida —comprendió Erik.

—En efecto —le dio la razón Vivian.

De nuevo unas voces los interrumpieron, dándoles a entender que los señores Ethelan acababan de entrar a su hogar.

—No puedo creer lo que ha hecho su hija, señor; ha sido tan inesperado... Cuando llegué a su habitación ya era demasiado tarde.

Fingía estar apenada Clodette. Thomas respondió algo que ni Vivian ni Erik llegaron a oír desde el patio.

—¡No, claro que no tenía conocimiento alguno sobre ello! Si tan solo hubiese estado advertida, habría dado todo de mí para que nada de esto hubiese sucedido. Se merecía una vida plena junto a Arthur, en mi opinión.

Su amiga era muy buena mintiendo; si Vivian no la conociese tan bien, diría incluso que realmente estaba entristecida.

—Erik... —comenzó la joven.

—¿Sí, Vivian?

—Creo que tendremos que pasar aquí la noche. Es evidente que no dormirán debido a la situación ante la que se encuentran. Sé que no saldrán más hasta mañana y nosotros no podemos partir desde aquí. Siento haberte traído a este lugar de nuevo.

Vivian se sentía realmente arrepentida; evitaba mirar a los ojos de Erik y, para ello, dirigía su vista al suelo mientras jugueteaba con sus dedos.

—No te preocupes, querida mía. Sin esa bolsa de monedas, probablemente, nos habría atrapado la hambruna. En cuanto salgamos, lo primero que debemos hacer es ir a comprar, y yo no tenía nada para comerciar.

Ella agradeció en silencio sus palabras.

Se sentía segura a su lado: la comprendía, le daba la razón y, sobre todo, no la hacía culpable de nada.

Él era el hombre indicado en su vida, con el que quería compartir cada minuto, y estaba dispuesta a hacerlo desde el momento en que se fuesen de allí.

Vivian observó cómo el cansancio se aferraba a Erik y le obligaba a cerrar los ojos en contra de su voluntad.

Se sentó junto a él, en el suelo cubierto de verdes ramas y hojas, y el joven le pasó los brazos por encima.

—Te quiero —susurró finalmente antes de caer rendido ante el agotamiento y la extenuación.

—Y yo a ti, Erik —le contestó ella en el mismo tono, más bien sabía que ya no podía escucharla.

Admiró la belleza del chico, tanto la física como la de su alma. En tan poco tiempo se había convertido en la más especial de las personas para ella. Había tantos momentos compartidos, recuerdos que acogía en su mente y en su corazón con enorme cariño, que endulzaban su interior con hermosura... Anhelaba compartir más en el futuro. Había hecho demasiado por ella: desde oírla y apoyarla aun sin conocerla, hasta ir a verla en mitad de la noche a escondidas de los señores Ethelan en numerosas ocasiones; regalarle un ramo de incontables y bellas flores; hacer que ella descubriese sus propias alas, y arriesgar su vida por darle la libertad que deseaba.

Apenas durmieron unas horas, hasta que el sol esparcía en la ciudad sus primeros tímidos, pero calurosos, rayos.

Despertaron sobresaltados al oír unas voces cercanas al lugar donde ellos se hallaban.

—Mis padres vienen. —Vivian se puso en pie, agitando rápidamente el brazo de su amado, que se despertó confuso.

Tan solo le bastaron segundos para recordar dónde se encontraba y qué hacía en aquel lugar: los recuerdos de anoche les llegaron de pronto, como ráfagas de un fuerte aire enfurecido.

Se levantó de un salto, manteniéndose alerta por quien pudiese llegar hasta ellos.

Los señores de la casa hicieron acto de presencia en el momento en el que Vivian se levantó del suelo.

Unos momentos de incertidumbre los rodearon a los cuatro, que no se quitaban la vista de encima los unos de los otros.

Thomas fue el primero en reaccionar tras el primer instante de aturdimiento y perplejidad.

Pestañeó varias veces, imaginando que quizá fuese un espejismo, mas se aseguró de que la imagen fuese totalmente real, que esa sinvergüenza que le había tocado por hija estaba en el patio de su mansión aproximada al indigente varón que él mismo había lanzado una vez por la ventana de su hogar.

—¿Vivian? ¡Cómo osas volver a casa después de lo ocurrido hace tan solo unas horas! —gritó su padre, embravecido, nada más verla.

Se acercó a ellos a pasos agigantados.

Erik tiró de Vivian para que se diera prisa en alejarse de él. No sabía a qué lugar de la casa llegaría, pero la chica se había quedado helada y petrificada de la impresión, y era él quien tenía ahora que ponerlos a salvo a ambos. Era esencial que se fuesen de allí cuanto antes.

Aligeró el paso al ver que Thomas lo hacía también, y llegó a un pequeño establecimiento que había tras dejar atrás el terreno verde.

Halló una escalinata en forma de caracol, que no dudó en subir. Allí arriba había dos puertas y, sin meditarlo mucho, decidió cruzar la de la derecha.

Vivian ya había vuelto en sí para entonces y corría a la par del chico.

—¿Qué es este lugar? —preguntó con verdadera curiosidad.

—El santuario; una ermita más bien pequeña, con una campana en la cima —consiguió decir entre bocanadas de aire que debía coger para no ahogarse en la carrera.

El silencio que se había establecido durante unos segundos fue roto por su exclamación:

—¡Eso es, la campana! La puerta izquierda da al interior de la iglesia; la de la derecha, hacia dos balcones que hay. Si saltamos las pequeñas rejas laterales que separan el suelo de uno de los balcones de un fino bordillo, llegaremos hasta el enorme poyete de piedra que hay bajo la campana.

Eso hicieron. Avanzaron deprisa hasta el balcón y, con un ágil y sorprendente impulso, Vivian sobrepasó con destreza las bajas rejas que lo delimitaban. Con sumo cuidado, colocó los pies uno delante de otro, pegándose lo máximo posible a la fría pared blanca para no caer. Caminó por el diminuto filo que sobresalía de la pared como un simple adorno que la decoraba; apenas era un pequeñísimo margen del que podía resbalar si no andaba cautelosamente, pero, al fin, lo logró, terminando en la gran repisa blanca que coronaba la enorme campana.

Erik hizo lo propio, pero aún con menos esfuerzo que Vivian.

—Creo que nos hallamos resguardados en estas alturas —dijo nada más llegar.

—Así lo deseo; mis piernas no me permiten seguir corriendo —se quejó Erik, cerrando los ojos unos segundos e intentando ralentizar el rápido bombeo de su corazón.

Se tomaron unos minutos para retomar el aliento y descansar, acuclillados.

Con lo que ninguno de los dos contaba era, sin duda alguna, con la valentía y el odio ciego de Thomas, que, sin que fueran conscientes de ello, los había seguido y se asomaba peligrosamente al balcón, dispuesto a seguir los mismos pasos de su hija sobre el bordillo para separarla de aquel joven desgraciado. Con paso muy lento caminó por este.

Vivian miró hacia los lados, inclinada como estaba, hasta ver a su padre tratando, de la misma manera que habían adoptado ellos, llegar al lugar en el que se encontraban.

Thomas gritaba, furioso, decenas de barbaridades y blasfemias. Susanne, desde abajo, vociferaba, asustada, que fuese cuidadoso, que, si caía, jamás sobreviviría al impacto. Vivian y Erik observaban al hombre acercarse a ellos con pausa, pero asegurando cada pisada.

No tenían salida alguna: no había ningún borde más por el que avanzar para huir de allí, y el señor Ethelan cada vez se aproximaba más, dispuesto a separar sus vidas de una vez, al fin. Ambos estaban seguros de que, si los llegaba a alcanzar, jamás se volverían a ver; era una certeza.

Erik y Vivian se miraron con profundo dolor y se entendieron el uno al otro a la perfección, sin necesidad de decir palabra alguna.

Solo había una opción.

El pulgar de la chica trazó círculos de caricias con infinita ternura sobre la mejilla de él.

—Todo aquel que muere en vano es porque no tiene una razón para merecer la vida misma. Tú eres mi mejor razón para morir, cariño.

—¿Sabes algo, Vivian? —comenzó a decir Erik, con lágrimas en los ojos—. Siempre que hablo conmigo mismo, a solas, me pregunto lo mismo: si el amor y la muerte se abrazaran, ¿moriría melancólicamente el amor o se rendiría la muerte ante el sentimiento de pasión hasta que su alma ardiera en deseo?

—Solo hay una manera de saberlo, amor —susurró Vivian, acercándose a él con lentitud.

Era la primera vez que Vivian llamaba así a Erik, lo que le provocó al joven un escalofrío que le recorrió toda la columna vertebral.

Vivian y Erik se estrecharon en los brazos del otro y unieron sus labios en un pacto de amor eterno. Sabía a lágrimas, a despedida, a destino.

Mas, sin intenciones de separarse y ambos con una sonrisa en los labios —porque al fin estarían siempre juntos—, se lanzaron al vacío desde el campanario.

El eco de aquella partida hirió profundamente el corazón de aquellas personas que habían traído al mundo a la ahora inerte mujer.

Ninguno de los señores de la casa osó separar los cuerpos de los enamorados.

Mas jamás cicatrizaría el dolor que les produjo aquellas muertes.

Susanne lloraba desgarradoramente sobre la ropa de su hija. La rabia que había sentido momentos antes del impacto no era nada comparado con el dolor que experimentaba: un dolor que se aferraba a su corazón y le robaba hasta el último aliento de felicidad que tenía por dentro.

Ya no podría volver a acariciar el rostro de su niña; ya no pronunciaría su nombre nunca más, ni la seguiría viendo crecer y experimentar todo aquello que le quedaba por vivir. Tampoco podría volver a ver la radiante sonrisa que la había acompañado durante años; nunca volvería a ver su linda cara por las mañanas.

Su egoísmo le había arrebatado lo que más quería en el mundo.

Thomas estaba lívido y empapado de lágrimas; lo había observado todo desde arriba. Incluso le había parecido que todo sucedía a cámara lenta.

Bajó rápidamente a abrazar a su mujer y sufrir con ella, pero, cuando hizo el amago de acercarse, ella lo empujó con tal brusquedad que cayó al suelo y, con impotencia, convertida en un río de pena, le gritó que todo aquello había sido culpa de los dos.

Epílogo

Cuando Charlenne culminó de relatarle la historia a Adeline, ella se hallaba con lágrimas en los ojos.

—Murieron al fin —susurró.

La madre recordó con cariño el momento en que oyó por primera vez aquella narración y sonrió al pensar que la reacción de su hija había sido similar a la que tuvo ella en su día.

Charlenne asintió.

—Era la única manera de cerciorarse de que nadie ni nada separara sus corazones.

Adeline seguía llorando la muerte de aquellos dos desconocidos que habían padecido un trágico final.

—¿Qué ocurrió con los señores Ethelan?

—Cuentan que se mudaron de la ciudad porque no pudieron sostener el peso de la muerte de su hija, mas nadie realmente sabe lo que sucedió con ellos, porque nadie los volvió a ver tras el entierro de Vivian.

Adeline asintió, experimentando la curiosidad por descubrir qué fue de ellos. Curiosidad que jamás llegó a satisfacer.

Agradecimientos

Terminar esta historia ha sido una vivencia increíble: desde el vínculo que cree con los personajes hasta la emoción que me embargaba por dentro cada vez que escribía las escenas más románticas del libro.

Nada de esto hubiese sido posible si no hubiera contado con el apoyo de mi madre, Emilia, y de mi padre, Miguel Ángel.

Se lo agradezco profundamente a mis primos: José Antonio, Alba y Javier, y a mis padrinos.

A mis abuelos, por las veces que me han dicho que querían verme convertida en escritora.

A mis amigos, por animarme siempre a seguir escribiendo y por su felicidad cada vez que les contaba todo lo que había avanzado.

A todo aquel que me ha preguntado cuándo lo publicaría, que estaba impaciente por leerlo.

A Laura, que ha ilustrado la preciosa portada que envuelve el libro y le ha dado forma real a los personajes que nacían en mi cabeza.

Y, cómo no, a ti, querido lector, que sabes ahora de la historia de Vivian y Erik, gracias por formar parte de esto.

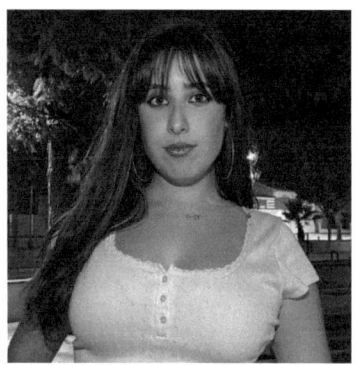

Sobre la autora

Sheila María Lanzas Rojas nació en Málaga (España) en 2009. Ha completado la Educación Secundaria Obligatoria y a día de hoy sigue estudiando. Desde pequeña se ha mostrado interesada en la lectura y la escritura.

La casa de Vivian Ethelan es su primer libro, un proyecto que representa una meta cumplida en su vida y con el que espera llegar a tocar el corazón de los lectores.

Cuando no está escribiendo, está escuchando música, dibujando o con su familia y sus amigos.